飞行历险系列

LAIZI TIANKONG DE ZHAOHUAN

来自天空的召唤

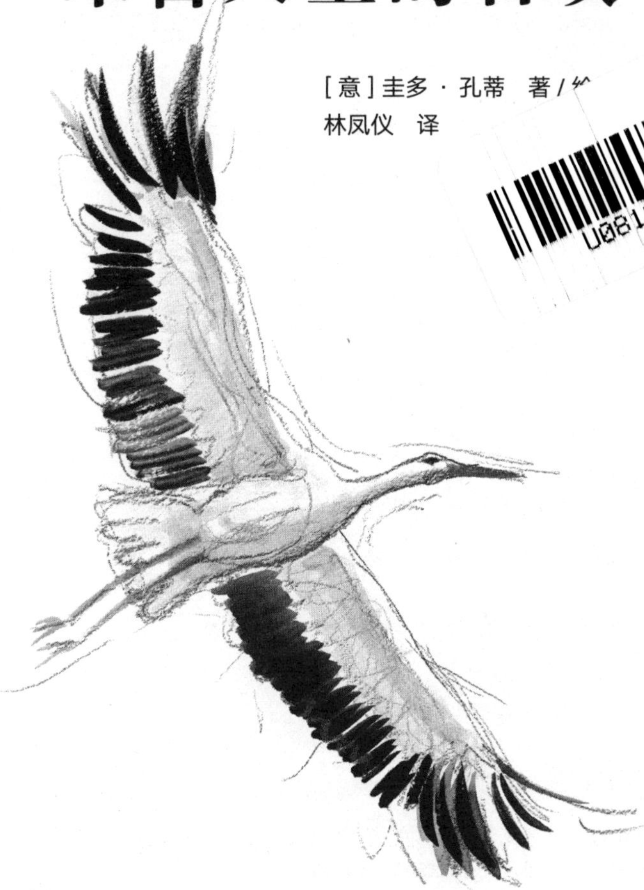

[意] 圭多 · 孔蒂 著 /
林凤仪 译

GUANGXI NORMAL UNIVERSITY PRESS
广西师范大学出版社
· 桂林 ·

出版统筹：施东毅
品牌总监：耿　磊
选题策划：陈显英　霍　芳
责任编辑：李茂军
助理编辑：霍　芳
美术编辑：卜翠红
营销编辑：杜文心　钟小文
版权联络：郭晓晨
责任技编：李春林

图书在版编目（CIP）数据

来自天空的召唤 /（意）圭多·孔蒂著、绘；林凤仪译. —桂林：广西师范大学出版社，2019.3
（飞行历险系列）
ISBN 978-7-5598-1655-9

Ⅰ. ①来… Ⅱ. ①圭…②林… Ⅲ. ①儿童小说—中篇小说—意大利—现代 Ⅳ. ①I546.84

中国版本图书馆 CIP 数据核字（2019）第 040356 号

广西师范大学出版社出版发行
（广西桂林市五里店路 9 号　邮政编码：541004
网址：http://www.bbtpress.com）
出版人：张艺兵
全国新华书店经销
广西广大印务有限责任公司印刷
（桂林市临桂区秧塘工业园西城大道北侧广西师范大学出版社集团有限公司创意产业园内　邮政编码：541199）
开本：880 mm × 1 240 mm　1/32
印张：4.5　　字数：85 千字
2019 年 3 月第 1 版　　2019 年 3 月第 1 次印刷
印数：0 001~5 000 册　　定价：25.00 元

第一章

夕阳西下，落日的余晖洒在砖厂的烟囱上。在那里，有一个小小的鹳鸟巢。鹳鸟妈妈正望着她的孩子——她给小家伙起名叫尼洛，这名字听起来很像一位东方公主的名字呢！尼洛可是妈妈唯一的小宝贝！孵育新生命是一件非常辛苦和需要耐心的事情，尼洛妈妈一直期待着新生命破壳而出。她小心翼翼地用长嘴巴碰了碰小家伙，然而，小家伙静静的没有发出任何声音。

破壳而出后的尼洛却是个小话匣子：“妈妈，给我讲讲狐狸和鹳鸟的故事吧！”

尼洛妈妈开始讲故事了：“这是一个古老的故事。狐狸邀请鹳鸟共进晚餐，其实是为了捉弄一下这位客人。他把肉汤倒进大盘子里，很快就喝了个精光。鹳鸟伸着长长的嘴巴试了好几次——可这压根儿是白费功夫，他一滴肉汤都没喝到！不过，鹳鸟一句话也没说。没过几天，鹳鸟请狐狸吃饭。他准备了美味的肉末汤，装在又细又长的瓶子里。鹳鸟的长嘴巴可以轻轻松松地伸进瓶子里，狐狸的短嘴巴可就没辙啦！正当狐狸徒劳地舔着瓶口时，鹳鸟在一旁却吃得津津有味，露出了无声的笑容。”

“真是个有趣的故事呢！”尼洛的小黑嘴巴里迸出一串字符。

“不要捉弄任何人，也不要轻信任何人。这是生活的法则，厄运不知什么时候就会降临。当我们飞向新家的时候，你就会知道，这是多么有用的一课！”

“那好运呢？”尼洛问道。

尼洛妈妈犹豫了一会儿，然后轻轻说道：“好运也是一样的。”

“妈妈，妈妈，我们什么时候才能飞去新家呀！听说那里有长着长脖子的动物，有在绿草地上睡觉的大肥猫，还有顶着长犄角打架的大牛！”尼洛迫不及待地看着妈妈。

尼洛妈妈微笑着注视着她的小宝贝，没有回答。她的眼中充满了期许和慈爱。

“我会在那里长大，对不对？”尼洛问。

“当然啦，我们很快就要到那里去了！不过在那之前，你得学会飞翔！”

“没错，我要飞翔！”尼洛对自己说。在这个用干树枝筑成的鸟巢里，她拼命拍打着还没长毛的小翅膀，挣扎着想要站起身来。

第二章

日子一天天过去，尼洛脱下“绒毛睡衣”，穿上一身洁白的羽衣，慢慢长大了。黑色的小嘴巴也变成了橘红色的，就像落日的余晖。

尼洛经过无数次的努力，第一次站起身来，她感受着阳光的温暖，全身都充满了力量。尼洛几乎每天都会长大一点儿，可她还是太瘦小了，只能在鸟巢里挪动几步。

每天早上一睁眼，尼洛做的第一件事情就是张开翅膀。她惊喜地盯着这对大大的翅膀：瞧，羽毛的末端又变黑了一点儿呢！尼洛能感觉得到，在她的身体里，有一种力量跃跃欲试，促使她张开翅膀，飞向蓝天。她想要拥抱蓝天，一次过足瘾！一天，尼洛用力地挥动翅膀，向上跳了一小步，然后一头栽到鸟巢里，摔得两眼冒金星。想到自己腾空跳起的样子，小家伙真是害怕极了。

“你得战胜自己的恐惧！”尼洛妈妈落在巢边，对尼洛说道。

尼洛费力地挥动翅膀，想要再试一次。可是，她很怕摔下来。这种不安的感觉越来越强烈。第二天，她又一次跳了起来，用力地扇动翅膀，这一次她在空中多停留了一会儿。当尼洛看到自己的腿悬在半空中时，她感觉在天地之间好像有一根看不见的细绳，把她吊了起来。

“很好，就是这样！”尼洛妈妈说道。

尼洛继续努力，又跳了几小步。她更加用力地挥动翅膀，感受到了一股神奇的力量。藏在心里的渴望给了她勇气，不过……这勇气没能支撑她飞上蓝天。尼洛对妈妈说，现在这样她已经很开心了，能试着学飞就很满足啦！这个平时叽叽喳喳说个不停的小家伙藏起了自己的真心话：“我好害怕啊！”尼洛绷起翅膀，再一次试着冲向空中，这次她决心要飞出鸟巢！第一次飞翔，真的好需要勇气啊！尼洛明白，只有战胜心中的恐惧，才能在鸟巢下的草坪上空轻盈地滑翔，在蒲公英、迎春花和雏菊之间飞舞。

第三章

尼洛破壳而出的那一天，太阳还没升起的时候，尼洛爸爸悄悄地离开了，从此再也没有回来。尼洛妈妈等了他整整一天，黄昏降临了，夜晚过去了，她开始变得焦虑。她很想去寻找尼洛爸爸，但又不能抛下嗷嗷待哺的尼洛！

从此，尼洛妈妈独自抚养她的小宝贝。

那些日子真是太糟糕了。尼洛妈妈独自在鸟巢边觅食，根本不敢让尼洛离开她的视线，可她的目光又会忍不住飘向远方。她盼望着，期待天空中能出现尼洛爸爸的身影。

尼洛妈妈向喜鹊打听过，也问过消息灵通的乌鸦——可这个讨厌的家伙居然大肆嘲笑她的痛苦。没人知道尼洛爸爸去了哪里，也没人愿意轻轻地对她说一句安慰的话语。

一周过去了，又一周过去了。尼洛爸爸就这样凭空消失了，尼洛妈妈经历着无穷无尽的折磨：他一定不会抛弃这个家的，毕竟我们在一起生活了那么久。他们是一对彼此忠诚的夫妻，就像这个世界上所有的鹳鸟一样，终其一生都深爱着自己的伴侣。

“一定发生了什么可怕的事情！”尼洛妈妈心想。他们不久前才筑了四个鸟巢。当尼洛妈妈产下三枚鸟蛋后，她觉得丈夫比以往更加英俊，也更加强壮。可是，没过多久，丈夫在一次外出后就没了踪迹，她产下的宝宝也仅剩下了尼洛。

“等我会飞以后，我们一起去找爸爸！”尼洛说道。

尼洛妈妈点了点头。丈夫的不辞而别让她的期望变成了痛苦和焦虑，变成了苦涩的妥协。她不再抱有希望，把心思一股脑投入到尼洛身上，抚育她成长，想要在冬天来临之际，让尼洛参与第一次盛大的飞行。

“等我会飞以后，我们一起去找爸爸！”尼洛又说了一遍。尼洛妈妈却转过身，装作梳理羽毛的样子，悄悄藏起了她的眼泪。

第四章

如果尼洛爸爸看到尼洛一天天长大，出落得越来越美丽优雅，他一定会很开心的。尼洛已经丢下了那些叽叽喳喳的童言稚语，变得越来越安静。她的羽毛闪耀着白光，翅膀变得宽阔而灵活。她在鸟巢里不停地跳跃，身姿格外轻盈。就连她的小嗓音也变得甜甜的，她总是把深红色的长嘴巴低低地收着，看起来一副羞答答的样子。那双犀利的黑眼睛，和周围的鹳鸟都不一样。在同龄的兄弟姐妹中，尼洛是最漂亮的一个。

“你的美貌，是爸爸赐予的礼物。”一天，尼洛妈妈对尼洛说道。

“爸爸长什么样子啊？”

“和你一样美丽优雅。看到你出落得这么漂亮，他一定很骄傲。你的言行举止都和爸爸像极了。尼洛，你永远都不要忘记他。”

尼洛清楚地记得，那天晚上，妈妈没有睡觉，而是站在鸟巢里，沐浴着银白色的月光，深情地呼唤着她的丈夫。这充满痛苦与孤独的呼唤，穿过悠悠夜空，伴着尼洛进入深沉的梦乡。

第五章

尼洛在鸟巢里跳跃着学飞。她感到自己充满了力量，渴望着离开鸟巢。不过，这个小家伙似乎总是缺了那么一点儿勇气。她反复地跳起、腾空，跳起、腾空，却都没能在空中停留多久。这一次，她木讷地张着翅膀，又栽进了鸟巢里。

“不要害怕！”尼洛妈妈给她加油打气，可尼洛的小心脏却狂跳个不停。尼洛迫使自己拍打着翅膀，但只跳了一步，在空中停留了一小会儿，又重重地跌回干树枝筑成的鸟巢里。

“如果我离开鸟巢后，飞不回来怎么办？”

“你能回来。总有一天你会准备好的。而我，会一直在这里陪伴着你。”

一天早上，正当尼洛一边跳跃，一边拍打翅膀的时候，一阵强有力的大风吹来。像是有人在背后重重地推了一把，尼洛忽然发现，身下的鸟巢不见了，自己在迅速地往下坠落！她忍不住尖叫出来。

“绷紧你的翅膀！”尼洛妈妈急坏了，“翅膀用力，腿伸展开，别怕！”她朝尼洛飞去，从旁边撞了女儿一下，帮女儿修正路线。尼洛听到风在耳边呼啸，自己仍在不停下坠。

尼洛吓坏了，这无穷无尽的下跌，仿佛会让她在落地的那一瞬间摔得粉身碎骨。她闪向一边，绷起翅膀，左右摇摆了一会儿，像是在跳舞一样。突然，她伸直双腿，闭紧嘴巴，开始试着滑翔。

“伸直双腿，伸直！”尼洛妈妈喊道，她又撞了尼洛一下。

忽然之间，尼洛的恐惧变成了喜悦。哦，没错！她已经可以用翅膀的力量驾驭风了，一会儿偏向这边，一会儿偏向那边。直到这时，她才意识到：“我已经会飞了！”她猛地拍了一下翅膀，用力向上飞。羽毛间的风儿是那么温柔。尼洛又拍了一下翅膀，一阵风儿托着她转向左边。她向上飞了一点儿，这样就不会撞到杨树的树冠啦！飞过杨树，尼洛看到了田野与沼泽，一幅从未见过的广阔画卷在她面前徐徐展开。风儿拂过脸颊，尼洛半闭的眼中噙着热泪，温柔轻盈的空气托着她的翅膀。

“干得漂亮！跟着我，就像这样！”尼洛妈妈说道，“跟我学，继续飞，不要停！我们现在要去草坪上滑翔啦！”

尼洛转了个身，跟在妈妈身后。就在这个时候，她忽然发现，在空中飞翔，好像也没那么难了！

“集中注意力，我们要降落啦！”

尼洛跟在妈妈身后，滑翔，降落。尼洛妈妈轻盈地落在地上，张开翅膀，想要给尼洛一个拥抱。可小家伙没能及时“刹

车”，和妈妈撞了个满怀。母女俩摔了个脚朝天，身上沾满了泥浆，却忍不住都哈哈大笑起来。她们还从没笑得这么开心呢！

“飞翔真是太棒啦！风儿是那么轻柔，就像初生的绒毛！”

“一定要小心冷风！它会损伤你的翅膀，冻坏你的身子，把你带向寒冷的北方！”尼洛妈妈说道，“风儿并不是永远的朋友。记住，你要成为风儿的主人，否则的话就会被它牵着鼻子走。”

第六章

“我们回家吧！”尼洛妈妈说道。不过，对于刚刚会飞的尼洛来说，这股新鲜劲儿一时半会儿可消磨不掉！

“这是我第一次飞翔呢！”尼洛说道。

“快别说傻话啦，跟着我！”

尼洛妈妈开始奔跑，先是在草坪上滑行，然后拍了两下翅膀，就优雅地飞上了蓝天。她的动作充满力量，却又那样轻盈美丽，尼洛不禁看呆了。这是尼洛第一次看到妈妈在草坪上跃起冲上云霄。不过，尼洛可不能傻傻地留在原地，等着迷路的狗和饥饿的狐狸来当她的“保姆”！她张开翅膀，开始奔跑。烂泥缠住她的双脚，像胶水一样把她粘在地面上。尼洛摇摇晃晃地向前跑，看起来笨拙极了。她闭紧嘴巴，用力一拍翅膀，终于飞上了天空。

“就是这样！不要放弃，继续努力！”尼洛妈妈转过身来，对尼洛说道。

尼洛费力地拍动着又大又笨重的翅膀。之前她还觉得空气又香又软，现在却感到一阵窒息。仿佛有一根看不见的绳子拴住了双腿，她不断被拉回地面。尼洛拼命向上飞，都快透不过气了，

仿佛背上驮了一块千斤重的巨石。忽然之间，在拍了几下翅膀之后，她的身体变得轻盈了，她的动作变得灵活了。上升，上升！每拍一下翅膀，尼洛就飞得更高一点儿，她的动作优雅极了。好像有人在头顶牵引着她朝天空飞去。这次飞行非常愉快，尼洛感到自己是那么自由，心里也平静了许多。

尼洛耳边响起的只有翅膀拍打的沙沙的声音。

第一次从地面起飞，尼洛真是费了好大的力气呢！天色渐暗，尼洛跟在妈妈身后，朝着家的方向飞去。她们离烟囱越来越近，鸟巢也变得越来越大。尼洛一路滑翔，伸直双腿，展开翅膀，摇摇晃晃地落在干树枝上。呼，好险呐，差一点儿又摔出鸟巢去！她向右跳了一步，做了个深呼吸。

“瞧见了吧，你成功了！现在你已经长大啦！”

尼洛妈妈用长长的嘴巴蹭着尼洛的脖子，尼洛乐得嘴都合不拢啦！在睡觉之前，她们一边清理被泥巴弄脏的羽毛，一边聊天。

可是，此刻沉浸于幸福中的这对母女心中却掩藏着某种说不出的痛。

“我想要看看田野那边的风景。我要去寻找爸爸。”

“明天再说吧。”尼洛妈妈轻声说道。

一股怅然若失的感觉占据了尼洛妈妈的心。苍穹下，月光如水，母女俩紧紧依偎在鸟巢之中。

“要是能有其他人见证我的第一次飞翔，那该有多好呀！”尼洛心想，她闭上眼睛，疲惫而又满足地进入了梦乡。

第七章

第二天早上，太阳刚刚从地平线上探出头来，母女俩就已经睁开了眼睛。

“我们快出发吧！”

“你要学的东西还多着呢！鸟巢外面有许多敌人，尤其是在陆地上！你得格外小心！狐狸是最狡猾、最可怕的敌人。你还记得那个故事，对吗？外面还有许多大狗、拿着弹弓的坏孩子和猎人……危急时刻，只有翅膀才能拯救我们的生命。你必须尽快熟习飞翔！”

可尼洛却对妈妈的教导充耳不闻。她想要去空中冒险，想要在天上翱翔，这种渴望战胜了心中所有的恐惧。两只鹳鸟飞上蓝天，飞过杨树，向着鸟巢附近的沼泽进发。尼洛妈妈把飞行的秘诀教给尼洛：张开翅膀保持静止，就可以滑翔；学会寻找暖空气，就可以轻松地飞上高空。“啊——啊——啊！”尼洛叫道。她乘着暖空气轻盈地上升，像是有一只热乎乎的大手在下面托着她。“真是太神奇啦！”“可以趁机休息一下，暖空气不仅能托着你飞向高空，还能救你一命呢！不然的话，我们永远也不能抵达过冬的地方。”

尼洛的翅膀变得更加强壮了，妈妈把她带向更高的天空。母女俩在空中飞快地滑翔，羽毛都被吹得凌乱了。她们在风中上下翻飞，像是在激流中飘着的纸片。

飞行训练持续了好几天。一天晚上，当母女俩快到家时，她们发现有几只年轻的鹳鸟挤在她们的鸟巢里，正聊得热火朝天呢！

“你们是从哪儿来的？！”尼洛妈妈一边愤怒地吼着，一边朝烟囱飞去，“快滚出我家！”

“哎哟，老家伙，你嚷嚷什么呀！”一只傲慢的雄鹳鸟喊道。他趾高气扬地跳出鸟巢，胸前的羽毛都蓬了起来。另外两只鹳鸟也大笑起来。一只穿着一身乱七八糟的羽衣，另一只顶着一头叛逆的鸟毛，看起来傻乎乎的。

“谁让你们到这儿来的？这可不是你们的家，快离开这里！赶紧给我走开……”

尼洛妈妈落在鸟巢里，仿佛一块扔进湖中的石头，三只雄鹳鸟像溅起的水花般立刻蹿了出去。

他们围着鸟巢飞来飞去，故意开着粗俗的玩笑，迸发出一阵可怖的大笑。这些家伙的脸皮实在是太厚了！

“快走开！告诉你们，这种事年年都有，我见得太多啦！”

“这么看来，你是个漂亮的单亲妈妈呢，我说得没错吧……”

那只最漂亮的雄鹳鸟挑衅地问道。

还没等他说完，尼洛就优雅地飞了过来。她站在鸟巢边上，把嘴巴收在胸前，低低地垂下了头。

三只雄鹳鸟不禁看呆了，翅膀都扇得慢了半拍。他们从没见过像尼洛这么漂亮的鹳鸟。

“我们走吧，没时间啦！等到飞去南方过冬的时候，咱们还会再见的！”

“妈妈，你为什么要赶走他们呢？”尼洛小声问道。

顶着一头乱毛的雄鹳鸟拍了拍翅膀，不小心撞了他的朋友一下——没错，就是他们三个中最傲慢的那个家伙。

“看着点路！”傲慢的雄鹳鸟气急败坏地喊道，一下子把“乱毛”撞出去好远。“乱毛”看起来真可怜呀，不过……这副傻乎乎的样子真是太逗啦！被撞了一下之后，“乱毛”俯冲下去，打了个转儿，继续朝着云端飞去，还在空中翻了个筋斗呢。

“你是我见过的最美的鹳鸟。”“乱毛”飞回来对尼洛说道。他离鸟巢更近了一点儿，想要再看尼洛一眼。

那只骄傲的雄鹳鸟却一句话都没说，他望着尼洛，眼中满是柔情，胸前的羽毛蓬得更厉害了。

“那个家伙真有意思。”尼洛小声对妈妈说道。尼洛妈妈沉默了一会儿，然后回答道：“你爸爸的脑袋上也有这样一簇羽毛，他也是个有趣的家伙。”

第八章

这天早上，尼洛和妈妈向沼泽进发，去捉青蛙和小虫子啦！就在这时，她们忽然听到杨树林中传来一阵声响……没错，声音就是从树枝间传来的！

尼洛妈妈装作什么也没听到的样子，却悄悄地朝那里瞟了一眼：在黑暗中，似乎有什么东西一闪而过。她不禁打了个寒战。

远处又传来一阵声响，母女俩迅速转过头去。突然，从灌木丛中窜出一只小狐狸，红色的长尾巴摆啊摆。她跑着跑着，突然朝着尼洛纵身一跃——这个小傻瓜还在发呆呢！

“快逃啊，快逃啊，赶快起飞，起飞啊！”尼洛妈妈大喊道。

狐狸的速度实在太快了。尼洛伸长了嘴巴，努力地想要搞清楚到底发生了什么。然而此时此刻，狐狸正朝着她飞速奔来。

“快跑呀，有狐狸，狐狸！”尼洛妈妈尖叫道。

听到妈妈的喊声，尼洛吓得浑身发抖，她赶紧拍拍翅膀起飞。尽管她还没弄清楚眼前的情况呢！听到尼洛妈妈的第一声喊叫，狐狸稍稍停顿了一下，然后跑得更快了。狐狸朝尼洛猛扑过去，想要尝尝美味鲜嫩的小鸟肉。

一看到进攻的敌人，尼洛绝望地大喊起来。她努力调转方向，眼看着狐狸就快冲到面前啦！

尼洛妈妈朝狐狸俯冲过去，想分散狐狸的注意力。这样的话，或许狐狸会把她当作更容易到手的猎物吧！

“喂，狐狸！”尼洛妈妈喊道。

狐狸回过头，看到这只大鹳鸟，一转身就向她扑来，想要咬住她，不过没能成功。尼洛妈妈用力一拍翅膀，一下子飞了起来。狐狸的嘴巴里，只剩下几根黑色的羽毛。

尼洛的小心脏不禁狂跳起来，她拼命拍打着翅膀。终于，尼洛飞离了地面，紧紧跟在妈妈身后……

母女俩在空中看着咬牙切齿的狐狸，狐狸一边呜呜叫着，一边转着圈，想要咬住自己的尾巴。

尼洛和妈妈终于飞回了鸟巢。小家伙惊魂未定，细细的小腿不停颤抖，她小声地抽泣着。尼洛妈妈身上的羽毛都被弄乱了。

“你没事吧？”尼洛问妈妈。

“没事，掉了几根羽毛而已，没什么大不了的。”尼洛妈妈回答道，“习惯了就好。我之前说的那些话，你现在懂了吧？危险随时埋伏在我们身边，你必须全神贯注。哪怕是最小的声音，也不能放过。一定要学会眼观六路，耳听八方。当然，最最重要的，是要相信你的直觉。”

“可我真的好害怕呀！”

“不要怕。”妈妈安慰道，“虽然陆地上有许多危险，但天空才是我们的王国。”

狐狸那张血盆大口似乎还在尼洛眼前，亮着明晃晃的牙齿要咬她呢！就在这个时候，尼洛看到了那只顶着一头乱毛的雄鹳鸟——就是在几周前，那个为了看她而撞到朋友身上的冒失鬼。当他发觉自己被尼洛看到后，就慢吞吞地飞走了，悄悄地躲在了屋顶后面。

第九章

“救命，救命呀！谁来救救我！救命啊！”

尼洛独自待在家里，忽然听到鸟巢下面传来一阵拍翅膀的声音。

“发生什么事了？”她害怕地问道。

“求你了，帮个忙吧！让我在你家躲一躲好不好？那里有个坏家伙正在抓我呢！帮帮忙吧，拜托啦！”一个声音说道。

“你是谁呀，你要来我家干吗？”

“你没看到我吗？那个坏蛋要把我吃掉呢！”

“可我还是没搞清楚，到底是谁在说话呀？”

“你不用知道我是谁，帮个忙就好啦！求你啦，千万别让那个坏蛋把我吃掉！”那个声音继续说道。

“哪里有坏蛋呀？”尼洛回答道，她有点不耐烦了，“你到底在哪儿呀？”

“哎呀，我在这儿呢！行行好吧，快到我身边来，帮忙打个掩护吧！”

“你是不是做了什么坏事呀？”尼洛问道。

“你太年轻啦，根本不明白：那个家伙想要把我吃掉呀！”

就在这时，一只老鹰飞了过来。他在烟囱上空飞来飞去，寻找着他的猎物。

“你，赶紧离开这里！”尼洛喊道。

老鹰转过头，看了一眼鹳鸟巢，在空中兜了一个大圈子，来来回回飞了几圈，然后一句话也没说，就消失在湛蓝的天空中了。

“喂，你出来吧！危险已经解除啦！”尼洛开玩笑地说道。

“哼，这一点儿也不好笑！”那个声音没好气地回答道。终于，一只燕雀钻了出来。他披着一身褐色的羽毛，点缀着灰色和黄色的条纹，浅蓝色的小脑袋下面是黑白相间的翅膀。他抖了抖身上的羽毛，好像刚从泥巴坑里钻出来一样。

“这个坏蛋跟了我好几天了，他就是想把我做成一道红烧鸟肉！”

这时，忽然传来一阵刺耳的笑声。

“哎哟喂，连最弱小的家伙也能保护别人了呢！”一只乌鸦飞到鹳鸟巢边，用嘲讽的语气说道。

“真是哪儿都少不了你呢，丑陋的乌鸦！”燕雀说道，他努力让自己平静下来，“我没缺翅膀也没少腿，活得好着呢！用不用我飞一圈给你看看呀？”

“少在这儿装腔作势了，你还差得远呢，小家伙！你不过是躲在鹳鸟巢里罢了。我倒想看看，没了鸟巢的掩护，你还能不能

鹰爪脱险！”

“你是谁？想干吗？”尼洛不满地问道。

“你真是一只年轻漂亮的鹳鸟呀！”乌鸦一脸谄媚的笑容真是令人作呕。

“离我远点，讨厌鬼！”

“没错，你快滚开吧！”燕雀附和道。

乌鸦却在步步靠近，尼洛张开翅膀，想把她隔开。

“啧啧啧，你能飞到南方去吗？你的确很美丽，可是旅途中处处都是危险呢！”

“我和妈妈一起去。”

“这么说来，你没有爸爸喽……啊哈哈哈！”

“等等，难道你认识我爸爸吗？”

“当然……不认识啦！”乌鸦笑着回答。

“你一定知道些什么！”

乌鸦开始用难听的嗓音唱起歌来：“烟囱旁住着一只鹳鸟，她在田野上舞蹈，最后被狗吃掉！”

“你给我滚！”尼洛愤怒地吼道，她那两条细细的小腿气得不停发抖。

“别听她瞎说，乌鸦都是些爱嚼舌根的恶婆娘，其实她们什么都不懂！”

“瞧瞧啊，燕雀都钻进鹳鸟巢里了呢！这个世界真不可思议呀。”

“你这个扫把星，讨厌鬼！”燕雀的小嘴巴像连珠炮似的，“少在这儿胡说八道，你以为你是什么好东西吗？”

“别让我抓到你，不然我非把你撕个粉碎不可！”乌鸦喊道，然后愤愤地飞走了。

燕雀满意地拍了拍翅膀，一边整理羽毛，一边轻轻吹着口哨。

“别生气啦！”燕雀说道，他转过头，看到尼洛缩在鸟巢边上，一动也不动，“总之呢，谢谢你的仗义啦！我叫哈迪。”

“这个名字是什么意思呀？”尼洛问道，暂时把那些不愉快的想法抛到了脑后。

“‘向导’。人生路上，你总是需要向导和忠诚的朋友嘛！千万别听那只老乌鸦的瞎话，她一天到晚就知道报丧……你叫什么名字呀？”

“尼洛。”

“这是什么意思呀？”燕雀一边问，一边朝尼洛靠过去。

“不要离我那么近啦！”

“我敢打赌，你肯定是今年刚出生的小宝宝，除了树枝和砖块以外，什么都没见过呢！”

尼洛把嘴巴靠在肚皮上：“人家还见过狐狸呢！”

“要我说，那也没什么了不起！”燕雀说完，叹了一口气，“我还是走吧，老在鹳鸟巢里待着也不是个事儿呀，咱们后会有期！”话音刚落，燕雀犹如一支离弦的箭射出鸟巢，就像他来时那样。

“那个……”尼洛还是迷迷糊糊的。

过了一会儿，燕雀又飞了回来。“哎呀，我都忘啦，你叫什么名字来着？”他问道。

“尼洛，我叫尼洛！”

“谢谢你救了我的命。最后……祝你旅途愉快！”燕雀犹豫了一会儿，然后转身飞走了，像一道闪电般消失在天空中。

“今天过得怎么样呀？”尼洛妈妈问道，她刚到家。

“来了一只乌鸦。她说了好多坏话，还咒我倒霉呢！那个家伙说，在烟囱上筑巢，会带来厄运。”

“别听她瞎说。”尼洛妈妈一边说，一边朝尼洛走去，“乌鸦最讨厌了，满肚子都是坏水！”

“她还说到了爸爸，一副和他很熟的样子呢！对了，她还说自己是平原上的清洁工……”

尼洛妈妈用嘴巴爱抚着女儿，过了很久很久，还是一句话都没说。她实在不知道该怎么安慰女儿。

在这个沉默的午后，尼洛妈妈回忆起丈夫对她说过的话：“烟囱可不会带来好运呦！”她那时根本没把这句话放在心上。后来，他们的巢被其他鹳鸟强占了，夫妻俩不得不在砖厂的烟囱上筑了一个新的。以前，尼洛妈妈一直觉得这只是一种迷信的说法，可那只讨厌的乌鸦却给了她一种不祥的预感，在宝贝女儿的心里也投下了一小片阴影。

第十章

尼洛变得更加强壮了。不论是晨光熹微，还是暮色四合，她总会用嘴巴轻轻地敲击树木，像是在打招呼一样。白昼渐渐变短，树叶变成红色。清晨时分，草地上总是笼罩着一层薄雾。

从散落各处的鹳鸟巢里，到集中在草地或是树上的鸟窝中，处处都洋溢着好友重聚的喜悦，鸟妈妈们怀着无比激动的心情，带着叽叽喳喳的孩子们来参加欢乐的盛会。有的鸟儿早就排好了队形，在空中排练了很久很久呢。他们都热切地盼望着，出发的日子能够早一点儿到来。

“我们要出发喽！”尼洛妈妈说道。

“去哪里呀？”

“是时候飞去别的城市了，你已经足够强壮啦。来，站到我身边。”尼洛站在妈妈身边。小家伙已经按捺不住跃跃欲试的心啦！“对每个人都要有礼貌哦！”妈妈提醒尼洛。

“天啊，这里居然有这么多鸟儿呀！”尼洛看着这片白色羽毛组成的海洋，兴奋地叫道。田野上挤满了年轻的鹳鸟，他们飞来飞去，吵个不停。

对于尼洛来说，这样的场面真是太让人激动了！到处都是乱哄哄的：“你好！”“早上好！”“看看谁来了！”“哇哦！”“欢迎欢迎！”“快看，他们来啦！”“这是谁呀？”“真是太棒啦！”这些声音把尼洛吵得头都痛了。

尼洛和妈妈刚一落地，一群骄傲的雌鹳鸟和羽毛蓬乱的年轻雄鹳鸟就冲了上来，把尼洛妈妈围了个严严实实。尼洛母女的到来，在鸟群中引起了不小的骚动。

“最近怎么样呀？哎哟，你女儿长得真是太漂亮啦！”

“我们很久都没看到像尼洛这么美丽的鹳鸟啦！”年纪较大的鹳鸟婆婆们说道。

“一个女儿就够啦？！我有三个呢！”

“我有两个女儿！”

那些嫉妒的母亲们说道。

置身于不怀好意的目光与虚情假意的恭维中，尼洛感到很不舒服。她想和年轻的鹳鸟们聊聊天，交几个新朋友，可却不知道

该说些什么。她把嘴巴收在胸前，露出一副怯怯的样子。和数月未见的闺蜜们寒暄过后，尼洛妈妈环顾四周，似乎在寻找什么人，希望在这片喧闹中，有一份小小的惊喜在等着她。可她四处看了看，发现只有自己孤身一人带着女儿，身边没有丈夫的陪伴，这真是太让人难为情啦！她从朋友们沉默的眼神中，读出了她们心中的疑惑。尼洛脸上的笑容也透着尴尬。

“我们什么时候回来呢？”尼洛转过头来问妈妈，她刚刚和小伙伴们聊了半天。

“回哪里呀？”

“回我们的鸟巢呀？”

“在很长的一段时间内，我们都不用回来了。”

尼洛瞪大了眼睛：“那你之前为什么不告诉我呀？”

“你永远都忘不了这里的。”妈妈一边说着，一边轻轻地用嘴巴碰了碰尼洛，像是在安慰她一样，“总有一天，回家的意愿会指引你回到这里，回到自己出生的地方。”

在这场欢乐的盛会中，有许多和尼洛一样年轻的鹳鸟。置身于新的伙伴中间，尼洛感到心里的痛苦减轻了一点儿。

但随后，尼洛又轻轻地低下了头，心中充满了孤独，想要独自静一静。或者，重回鸟巢的怀抱，感受那一份安全和温暖。

夜幕降临，万籁俱寂，偶尔传来几声蟋蟀的鸣叫。鹳鸟们沐浴着月光，有的栖息在树上，有的卧在屋脊上，还有的站在电线杆和干枯的树枝上。尼洛忽然有一种想哭的冲动，这份痛苦压抑太久太久了。在一片寂静中，她流下了无声的泪水。

第十一章

一说起即将到来的旅程，每只鹳鸟都激动得不得了，同时也把那份不安悄悄地藏在心里。还未经历过旅行的年轻鹳鸟们不停地幻想着即将见到的场景，一个比一个想得美呢：宏伟的城市，用水做成的蓝色“沙漠”一望无际，时不时卷起白色的泡沫，当然啦，还有真正的热烘烘的金色沙丘！他们缠着那些上了年纪的鹳鸟，问了一遍又一遍：“非洲真的有长着长鼻子的巨大动物吗？他们的鼻子真的会长得拖在地上吗？他们真的会用鼻子吃饭吗？那里真的有长着黑白条纹的马儿吗？还有那些长着长脖子，可以够到树冠的动物，他们都是真的吗？”听完“飞行专家”老鹳鸟们的故事，小家伙们个个都做起了美梦，恨不得这场盛大的飞行立刻开始。不过，老鹳鸟们随后警告他们道：“这可不是一场轻松的旅行，有很多困难在等着我们呢！大家必须团结起来，统一行动。如果你们当中有谁落在了后面，一定要想办法找临近的同伴帮忙。千万不要破坏飞行队形！一只鹳鸟的迷失，都有可能毁了一切！不要成为那只害群之鸟！”老鹳鸟们唠唠叨叨地提到了许多其他的危险：“一定不要在电线上休息！小心被污染了的河水！就算饿死，也不要去臭水沟里拣死鱼吃！”然后又开始讲起绿油油的草地、一路伴随鹳鸟飞翔的气流、时时变换的阴雨天气，还有躲在树林里，随时准备开枪射击的猎人们。“在满月的夜里，我们也会继续飞行。月光洒在海岸上，平静的海面犹如一面黑色的镜子。在这一片寂静中，梦想正朝着新的家园飞翔……”“我们要飞多少天呀？沿着海岸线飞吗？据说不能在海面上飞行呢，这是真的吗？谁来指挥这场飞行呢？我们什么时候可以停下来吃东西呀？”

“什么时候出发呀，明天吗？向导们是怎么做到不偏离路线的呢？如果我们迷路了，怎样才能找到正确的路线呢？”尼洛问妈妈。

“要用你的心仔细聆听。等着瞧吧，直觉会指引你不断前进！”尼洛妈妈回答了尼洛的疑问，她看得出，在出发之前，小家伙激动得不得了呢！

尼洛感到一阵战栗，在她小小的身体里，有一种渴望，催促着她赶紧出发，张开翅膀，跳向空中，朝南方飞去。

但紧接着尼洛又不免有些担心，她仿佛看到——眼前的草地一片漆黑，月亮露出半张脸，黑压压的云朵预示着一场秋雨即将到来。在这无边无际的孤独中，她迷失了，她想要冲出暗夜的阴影，想要大声呼喊，想要跳出这个喧闹的世界，让大家都能听到自己的声音。

第十二章

这一天终于到来了。一场大雨过后，树叶变成了赭红色，从枝头重重地跌落下来。太阳渐渐西沉，挂在杨树的树梢上，天空染上了一层淡淡的紫色。白昼变得越来越短，天气变得更加凉爽，想要让身体热乎起来，得多运动运动才行呢！鹳鸟们在草坪上扑啦啦地拍着翅膀，掀起一股狂热的气氛，好像他们个个都是战无不胜的飞行英雄。

“马上就要起飞啦，节省点体力！”老鹳鸟们说道。

黎明是出发的信号，鹳鸟们静下来，等待着。四下一片寂静，轻柔的雾气笼罩着草坪，清晨的微风还有一丝凉意。

大家都盯着那只最年长的鹳鸟，他是本次飞行的领头鸟。他站在一棵枯树上，一动不动，面朝东方，等待着旭日初升——那是鹳鸟们出发的讯号。在尼洛看来，非洲实在太远了，它就像一个遥不可及的梦。不过在此时此刻，她第一次感受到有一股力量，战胜了心中的恐惧，推着她跨越高山和海洋，朝着梦想中的世界进发。

第一队鹳鸟组成箭头形状的队伍，飞上了天空。领头鸟向大家发出信号，鹳鸟们朝着云朵飞去。

这可把尼洛激动坏啦！

“归队，归队，保持队形，快，保持队形！”老鹳鸟朝年轻的鹳鸟喊道，小家伙们到处乱飞，根本不知道该做些什么。

经历过最初的慌乱与迷惑后，每一只鹳鸟都跟上了领头鸟的节奏。尼洛和妈妈也是如此，她们并排飞着，毫不费力地拍打着翅膀。身后的鸟巢变得越来越小，草地渐渐缩成了一块绿斑，像是衣服上的补丁。上升，上升！透过浓雾一般的云朵，朝着地平线望去，金色的太阳射出第一道光线，整个世界都被点亮了。这真是激动人心的一刻呀！尼洛第一次飞得这么高，而且有这么多的长辈陪同！这也是她第一次从这么高的地方欣赏日出：在高空翱翔，看着太阳升起慢慢照亮大地。

尼洛激动极了，这么多天以来的恐惧和忧愁，全都在这一瞬间消失得无影无踪。

鹳鸟们朝南方飞去，时不时短暂地交谈几句。渐渐地，他们开始感到疲乏，但都努力地调控自己的状态。鸟儿们飞了整整一天，直到刚才，领头鸟才发出命令：“不要在河流的入海口停留，我们去树林的沼泽里休息，那里更安全一些。”说完，领头鸟就开始滑翔，鹳鸟们组成一个大大的圆圈，然后开始俯冲，很快就要着陆啦！第一天飞行的满怀激动，很快就被疲劳代替了。年轻的鹳鸟们都累坏了，连聊天和讲故事的力气都没有了。这真是一场艰辛的飞行呀！

鹳鸟们尽可能地把肚子填饱。在不远处的树枝上，挂着许多塑料袋，被风吹得鼓鼓的，散发出难闻的气味。尼洛被一个打开盖子的牛奶盒绊了一跤。

“你受伤了吗？”尼洛妈妈问道。

“没有。”

“你一定累坏了吧？”尼洛妈妈继续问道，她从女儿的表情中读出了疲惫。

“还好，只是有点饿！今天的飞行，感觉真棒！”尼洛回答道，她藏起了自己的疲倦，安慰着妈妈。她看得出，妈妈现在也很虚弱。夜幕降临，鹳鸟母女俩紧紧地依偎在一起，思念着鸟巢的温暖，进入了沉沉的梦乡。

第十三章

第二天早上，一小队鹳鸟重新出发，另一小队鹳鸟继续留在原地，看样子是打算好好休息一下。

“他们为什么不和我们一起走呀？”

“他们会赶上来的，别的鹳鸟会帮忙的，还有另一队同伴和他们在一起呢。你就不要担心啦，他们也能成功抵达非洲大草原的。”尼洛妈妈回答道。在她们的头顶上，有一大群鹳鸟划破长空，朝着南方飞去。尼洛妈妈很清楚，在停下来的第一支队伍中，

有两只老鹳鸟和一只年轻的鹳鸟，可能永远也无法抵达目的地了。

尼洛转过身，向前跳了一步："再会啦！"

鹳鸟们飞了一天又一天，身体的疲惫越来越明显。身下的风景不断变化，覆盖着树木的山丘，光秃秃的山峰，房屋或沿着山丘分布，或隐藏在树林里。

鹳鸟们飞得越来越高，直到和一股暖空气相会，这条看不见的"河流"在天空中奔流而过。置身于这股暖流当中，鸟儿们轻得像一根羽毛，耳边不断响起呲呲的气流声，弄得耳朵还有点痒痒的感觉呢！鹳鸟们张开双翼，完全不用拍翅，他们乘着热乎乎的风儿，几乎感受不到自身的重量，真是太舒服啦！天空渐渐染上了一层橙色。

"我们不停下来休息一会儿吗？"尼洛问道。

"我们明天才能停下来呢。"

夜幕降临，尼洛俯视着房屋、街道。人类都市明亮的灯火，仿佛点亮了整个世界。浅浅的小河顺着弯弯曲曲的河道，漫过遍布鹅卵石的河滩，汇入宽阔的大河。一轮明月高挂在空中，水面上闪耀着银色的光芒。

第十四章

第二天，尼洛的队伍在一个地方停下来，休息了一会。另一队鹳鸟也驻扎在这里，他们来自遥远的国度，正集合在稻田和池塘里，打算捉些小鱼、田鼠和青蛙来吃呢！

尼洛已经飞了一天。这次，飞行大军里还有白鹭、野鸭、长脚鹬和苍鹭。鹳鸟的队伍十分庞大，他们的到来像是一场盛大的演出，无数只鹳鸟分成小队，从天而降。尼洛徘徊着，不知道这是哪里。他们发现一片绿色的沼泽，绵延着数不尽的芦苇和向日葵，于是停了下来。喧嚣的城市、交错的电线、举着双管猎枪的猎人，都离这个偏僻的小地方很远很远。为了缓解旅途带来的疲惫，尼洛和伙伴们在这里停留了一周。太阳暖洋洋地照耀着，久违的幸福感又回到了鹳鸟群中。鸟儿们四处张望，寻找着自己的伙伴，开始清点数量。有些鹳鸟掉队了，还有些选择了不同的飞行方向，他们不去南方。

尼洛把羽毛梳理得干干净净。她可是最美丽的鹳鸟，名气大得很呢！许多雄鹳鸟慕名而来，跟在尼洛身后，脑袋向后仰着，把嘴弄得啪啪地响，发出爱慕的信号。

“这里真美呀！我们要是可以永远待在这儿就好啦！”一天，

尼洛这样说道。

尼洛妈妈却是一脸忧郁，她环顾四周，好像正在寻找什么。

“怎么啦？”

“就是在这里，我第一次遇到了你的爸爸。”

“喂，快看呀！”尼洛听到一声叫喊，然后传来一阵笑声和喊声。尼洛看到三只雄鹳鸟正贴着水面飞翔，水花溅得到处都是，逗得大家哈哈大笑。

“‘三傻组合’又来啦！”一只鹳鸟说道。

“你们终于来啦！是在哪里耽搁了，还是迷路啦？”另一只鹳鸟问道。

“我们没有迷路，刚才停下来吃了顿饭而已，就在离这不远的小池塘里！”

欸，那只最漂亮的雄鹳鸟，他的尾巴和翅膀好像被烧焦了呢！

“你的羽毛怎么了？”领头鸟问道。

“都是猎人干的好事，我可不能继续留在这片沼泽里了。”

就在这时，另外两只鹳鸟笑了起来。可是在大家看来，他们笑容的背后，却隐藏着深深的恐惧。雄鹳鸟在空中飞来飞去，好让大家都能看清楚那一枪留下的痕迹。

“你们真是太粗心了！你们本来应该和大家待在一起的！”领头鸟严肃地说道。

就在这时，三只雄鹳鸟中那只顶着一头乱毛的家伙，转过来望着尼洛——她正开心地笑个不停呢！

“你还好吗？”他问尼洛。

尼洛把嘴巴收在胸前，羞涩极了。刚刚看到他们出现，她笑得可开心了呢。

“你叫什么名字呀？”尼洛问“乱毛”。

“我叫米安！”雄鹳鸟回答道，然后他被结结实实地绊了一跤，差点掉进水里。他费力地把嘴巴向前伸着，想要保持平衡。

“真是个奇怪的名字呀！”

“这是一个古老的名字，已经在我们的家族里流传了好几代啦！”

尼洛笑了。

“你笑什么呀？”米安不满地问道。

“你头上那撮鸟毛实在太好笑啦！”

“大家都这么说。”

“你是不是来过我家呀，我好像见过你呢！”

米安有点记不清楚了。他围着尼洛飞来飞去，开心极了。尼洛妈妈在远处看着她的小宝贝和米安聊得热火朝天。历史惊人的相似，如今，同样的情景再一次上演。就是在这个地方，她遇到了尼洛的爸爸。此刻，她的内心充满了忧伤，但是，她打心眼里为尼洛感到开心。小家伙笑个不停，和顶着一头乱毛的雄鹳鸟在水里开心地玩耍着。

第十五章

“有本事你就来追我呀！”尼洛喊道。

“我飞得比你快多啦！我一定会追到你的！”米安回答道，他紧紧地跟在尼洛身后。四下一片寂静，两只鸟儿在湖面上飞翔，玩得可尽兴啦！他们拍着翅膀，跳进水里扑腾个不停，别提有多开心了。水花四溅，在空中闪着光，像是星星点点的碎玻璃。他们对旅途中的危险一无所知，只想在这个安静而美丽的休息地，痛痛快快地过几天逍遥日子。

在落日的余晖中，在夜晚的月光下，米安和尼洛共同分享美食。米安、尼洛，还有尼洛妈妈，三只鸟儿相互依偎着进入了梦乡。

尼洛和米安第一次感受到，生活在一起是多么甜蜜。无论是在清澈见底的小溪里捉鱼，还是在沐浴着落日余晖的枯树上栖息，他们都欢笑个不停。

清晨的阳光照亮了水面，新的一天开始了。

“等到达目的地之后，我要和你一起筑一个大大的鸟巢，打造一个‘超级豪宅’，只为了我们两个！”米安手舞足蹈地说道，兴奋让他暂时忘记了几天前遭遇猎人时的恐惧。他围着尼洛飞来飞去，而尼洛则满脸都是羞涩的笑容：“瞧你那副笨笨的样子，这样拍着翅膀真是太滑稽啦！”

“我们可以一起飞。前面的路还很长呢，得保留点体力嘛。你还好吗？”

“和你在一起就好，你呢？”

“我也是。只要有你在身边，我就充满了力量。我们还要一起飞越无边无际的沙漠呢！从这一刻开始，我们再也不要分开了。”

这样纯粹的幸福，开启了他们全新的生活。

“如果有一天，你不得不离我而去，”米安说，“别犹豫，自己勇敢地飞过沙漠吧。我会一直思念着你，寻找你，直到与你重逢。当我们再次相遇的那一刻，就注定要永远厮守在一起。我能够感受到你的心声，我将永远在你的身边。答应我，好吗？”

尼洛一脸忧伤地望着米安。

“我说错话了吗？”

“你说的这些话太让人难过了，这些事情……我从来都没考虑过。”尼洛回答道。

“我也说过了嘛，是‘如果’。我不会丢下你的，我要我们在一起。”

“我也不会丢下你的。”

“那就答应我的请求吧！”

“答应什么呀？”

“让我永远照顾你，我们一起前往非洲大草原。我会一直在

你身边的。”

“我答应你。”

站在最高的树枝上，米安做出庆祝的姿势，他把脑袋向后仰着，嘴巴一张一合地唱出满心的喜悦。

第十六章

在天与海之间，在牛奶般洁白的云朵之间，米安和尼洛并肩飞行，他们飞过树林，飞过海岸，俯瞰着人类的街道。虽然旅行的疲惫总会不时袭来，但每当米安温柔地望着尼洛时，尼洛都会感觉自己又恢复了力量，可以继续在空中翱翔。

鹳鸟们一路向南飞行。黄昏时分，在遥远的地平线那端，天空的颜色变得越来越深，天与地的交汇处渐渐渲染出墨一般的漆黑。苍穹之下是一片密林，连一片可以栖息的草地都没有。想要回头已经不可能了。风速越来越快，风力越来越大，还夹杂着一股寒气，先是在后面推着鸟儿们前进，后来又仿佛一堵坚硬的墙壁一样拦在前面阻挡鸟儿们的飞行。风像个调皮的孩子，时不时就搞点“突然袭击”。鸟儿们的飞行变得越来越辛苦。寒风吹打着翅膀，鹳鸟们想要保持平衡更是难上加难。鹳鸟们的队形正在不断倾斜，队形都快被破坏啦！

又一阵寒风袭来，第一小队的队形被破坏了。米安和尼洛分开了，他们用力拍着翅膀，却眼睁睁地看着对方离自己越来越远。在鹳鸟群下方，大片大片的森林此起彼伏，好似深色的岩浆，发出震耳欲聋的咆哮声，让人心生恐惧。米安试着再次靠近尼洛，可这实在太消耗体力了，尤其是在眼前这种情况下，需要超乎寻常的力量。

“待在我身边！”尼洛妈妈喊道，可她的宝贝女儿好像根本没听到——她们离得实在太远啦！

鹳鸟们把目光投向老领头鸟。老领头鸟经历过那么多次旅行，可从未见过这么糟糕的天气。墨黑墨黑的天空仿佛在不断往下压，鸟儿们不得不降低飞行的高度，然而，树林却阻止他们降落。

狂风再次袭来，像是一条冷冰冰的鞭子，又一次把鹳鸟的队形狠狠抽散，有几只鹳鸟一下子被吹出去好远。在朵朵乌云之间，一道道闪电狠狠地朝着大树劈去，瞬间将其点亮，在接触到地面的那一刻，又立刻消失得无影无踪。惊雷在空中炸响，仿佛有无数颗巨石从山巅滚落。就在这时，冰雹砸了下来，这些白色的“石块”从天而降，可把鸟儿们打惨啦！尼洛就置身于这冰雹当中，左一块右一块的冰雹打得她晕头转向；往高处飞会被打，往低处飞也会被打，冰雹砸得她根本无法向前飞行，只能不断后退。她现在根本看不到米安了。筋疲力尽的尼洛，再也坚持不了了。

突然之间，尼洛似乎被卷入了一个不停旋转的旋涡，她听见妈妈不断呼唤着自己的名字，却被一股力量撕扯着，随后就像掉进河里一样，从头到尾都被浸得湿漉漉的。在这场大雨中，在这一片混乱当中，在各方力量的夹击中，尼洛一会儿被推到这儿，一会儿又被拉到那儿，在暴风雨中耗尽了最后一丝力气。尼洛看了妈妈最后一眼，然后就被推得越来越远。暴雨夹着冰雹，打得尼洛睁不开眼睛。尼洛感觉身体里似乎装了一个小马达，拉着她不停地往下坠，脚上仿佛系着一块石头，带着她朝地面飞速下降。尼洛迷迷糊糊地失去了意识，可没过多久又被猛地打醒。她还没来得及喊出一声“妈妈”，更别提呼唤爱人的名字“米安”。只是那么短短的一瞬间，尼洛看到其他鹳鸟在高空中调转方向，而她自己则重重地跌了下来，被一股冰冷的旋风裹挟着，离大家越来越远。

“妈妈！米安！”尼洛拼命用嘶哑的声音呼喊道，或许，她只是在心里呼唤他们吧。一阵天旋地转过后，尼洛发现自己掉到了一棵树上，那些树枝又硬又扎人。紧接着，她又掉到了干树叶堆上，相比之下，这些叶子倒很像软乎乎的床垫呢。

“妈妈，米安……”尼洛在昏迷中，不停地呼唤。大雨从天而降，哗哗地泼向树林。伴随大雨而来的，还有一声惊雷般的巨响，尼洛也不知道那是什么声音。在那之后，一切都恢复了平静，暴风雨已经远去，只留下一片安静的天地。

第十七章

“这只美丽的鹳鸟，请问你来森林里有何贵干呢？”一位老婆婆惊奇地问道，她的胳膊上挎着一个装着蘑菇的小篮子。

“我迷路了。”尼洛一边说着，一边想努力站起来。她睁开眼睛，摇摇晃晃地向后退了一步。尼洛现在浑身酸痛，还时不时地打几个冷战。

“是因为昨晚的暴风雨吧，我说得对不对？”

“是的。”

“雨水让蘑菇破土而出，鹳鸟却被拍到土里啦！”老婆婆说完，微微一笑。

“您……您能听懂我说话？”尼洛吃惊地问道。

“当然啦，对我来说，没什么做不到的事情！你的小伙伴们都在哪儿呢？”

“不知道呀，我迷路了。”尼洛回答道，她抬头仰望天空。就在这时，下坠前的那些记忆，在她的脑海中飞速闪过：妈妈转过身，眼里是满满的绝望；米安呢……尼洛甚至都没来得及看他一眼。

“你在这儿等一会儿。”老婆婆说道。

尼洛乖乖听话，待在原地一动不动。没过多久，一只母鸡出现了。

“你是谁呀？”

“这个问题真是蠢透了！我是母鸡呀，你难道看不出来吗？”

“你不冷吗？我们现在是在哪里呀？我迷路了……”

“你想干吗呀？没看到我在扒土吗？明天天气就会好转，就能在灌木丛里找到莓子啦！哎呀，老婆婆好几天都没换头巾了呢。”

“我真的听不懂你在说什么呀！”

“那你想听懂什么呀？”老婆婆也加入了她们的讨论，“她只是一只母鸡而已。你没听说过吗，母鸡说话总是不经大脑的。”她摇了摇头，继续说：“你饿了吧？”

“是的，我还真有点饿呢。不过我身上一点儿伤都没有，真是不幸中的万幸呀。”尼洛站起身来，拍拍翅膀，感觉自己恢复了一些体力，不过全身都痛得要命。

这位森林里的老婆婆穿着一身粗布衣服，把全部家当都带在身上，这样料理日常生活也方便多啦。她从小桶里捞出几条活蹦乱跳的小鱼，递给尼洛。

当尼洛狼吞虎咽地吃鱼时，老婆婆给她讲了许多发生在森林里的魔法故事。不过，天上掉下一只鹳鸟这种事，她还是第一次遇到呢。

尼洛讲起她和米安的快乐游戏，讲起她的妈妈，还有那位只在朦胧中见过一面，然后就再也没有回来的爸爸。

几天过后，尼洛迫不及待地想要重新出发。她拍打着翅膀，时刻准备着再次踏上旅程。

“你要走了吗？”

“是的，我想去找妈妈和米安。他们肯定在附近等我呢，估计都快担心死啦。这都过去几天了呀？”

“真不想让你走，留下来陪我一起过冬该多好啊！你肯定是个不错的伙伴！”老婆婆说道。

“真不知道该如何报答您。”

“对于我来说，你的出现就是最好的礼物啦！我可以帮你一把。对于别人来说，礼物是需要交换的，可我不这么想。现在我要交给你一个任务：当其他人遇到困难的时候，你要记住，有一位老婆婆曾送你一份礼物——那就是她无微不至的关怀，你也要像她一样去帮助别人。人类之间相互利用，而我们之间互相帮助，这才是老天赐予我们的礼物呢。礼物的链条神圣极了，请你千万不要打破呀！”

“你是人类吗？”

“我是人类，确切地说我是一个老太太……哼，有些人类一点儿也不喜欢我。”老婆婆冷笑着说道。

“妈妈告诉过我，千万不要相信人类。”尼洛说道。

“你妈妈说得很对，不过我是一个特别的老太太。我独自一人在森林里生活，天不怕地不怕。我听着风儿的低语，和猫头鹰聊天，还和癞蛤蟆交朋友呢！”

“我欠你太多人情啦。”尼洛说道。

“你什么也不欠我，你只是想早点飞去温暖的国度，筑一个鸟巢而已。好啦，你只要知道，我一直在这里等着，随时为你效劳。在生活中，总有些善良的人会为你指明道路，或许对你来说，我就是其中之一呢。你就不要担心啦。”

老婆婆来到尼洛身边，把一个小小的金指环扣在她的腿上，“等着瞧吧，这个小东西可以保佑你飞行一路顺风呢！”

第十八章

老婆婆陪着尼洛来到森林的边缘，附近有一大片草原，那里的草长得可高啦。

“不必感谢我，”老婆婆对尼洛说道，“启程之后，千万不要回头看。否则，孤独将会攻占你的心灵，你将永远无法抵达非洲大草原。”

当尼洛站在空地上，准备起飞的时候，在她面前十几米远的地方，出现了一只脏兮兮的狗。这只狗拖着一条黑色的尾巴，一瘸一拐地朝尼洛走来。

“哎呀，你长得可真漂亮呀！”狗的语气里诚意满满，“你是谁呀？”

“我是一只鹳鸟。”尼洛回答道。

“鹳鸟？”狗把这个词重复了好几遍，“那你怎么会在这里呢？”

尼洛的心头涌起一阵恐惧。她想起了妈妈，还有她讲过的那些故事。她想：“我得赶快飞走！”

“我是来看望一位朋友的。哎呀，你怎么这么瘦呀！”尼洛说，“你又是谁呢？”

“我是一只狗，和狐狸一样生活在森林里。不过我会像狼一

样嚎叫！大家都怕狼嘛！”狗疑惑地问道，“不过你嘛……你不怕我吗？”

尼洛吓坏了：“我知道你想吃我。但是，我可以邀请你去我家，我家里藏着好多好吃的呢！那些东西比我好吃多啦！”

“难道你不怕……我现在就吃了你吗？”

“不怕呀，你是一只善良的狗！”尼洛回答道，“你才不会伤害我呢！”

突然，树上掉下一根枯枝，狗惊恐地回过头去。

就在这时，尼洛抓住机会，拼命拍打翅膀，成功地冲上了天空。她心里想着米安，拍翅膀的劲头更足了。

狗在她身后穷追不舍，咆哮着，撕咬着，当他跳起来的时候，忽然变成了那位老婆婆。

尼洛已经飞上了高空。“老婆婆变成了一只狗？”她惊讶极了。

飞上蓝天的尼洛安全了，轻柔的空气托着她的翅膀。尼洛很兴奋，就像第一次会飞时那样开心。

“再见啦，尼洛。”老婆婆喊道，“这是很有用的一课。你只能相信自己的心和直觉。飞上高高的天空，才能保护自己免受坏人的伤害。我很高兴能够遇到你。很抱歉吓到你啦，不过你还是需要更小心一点儿呢！你的旅途漫长而艰辛，不过千万别害怕哟！”

尼洛在空中盘旋了一圈表示感谢。她环顾四周，希望能够看到有这样一个同伴——一直温柔地注视着她，与她一同飞翔。

第十九章

幸福总是短暂的。一直以来，尼洛都跟着大部队，她从没独自飞行过。而现在，她根本分不清东西南北。尼洛用尽全力飞上高空，张开翅膀开始滑翔，她四处张望，极力寻找其他鹳鸟的身影。她飞向沼泽，想去打听妈妈和米安的消息。

尼洛迷失了方向。这个时候，她的本能根本派不上用场，只能按照妈妈以前教的方法：跟着太阳飞。可厚厚的云层遮住了太阳，只有几缕光线从缝隙中溜出来，为尼洛指引方向。

尼洛忽然发现，自己好像一直在兜圈子……在绕了无数圈之后，她发现自己还待在原地——

没错，她还在起飞的那片草坪上空呢，真的好想哭呀！尼洛继续前进，想飞到树林的尽头，如果能找到一座塔楼也不错，这会让她想起自家的鸟巢。这时，尼洛看到天空中有几只野鸭飞过，快得就像离弦的箭。她拖着疲惫的身躯，努力追了上去。她跟着野鸭们，来到了一个小小的湖泊旁。

“你来这里干吗呀？”野鸭们齐声问道。

“这里还有其他鹳鸟吗？”

野鸭们拍着翅膀嚷嚷起来：“你在说什么呀……噢，你迷路了吧？啊哈哈哈，她迷路啦……”

尼洛觉得自己受到了侮辱。

野鸭们围着她绕圈圈：“别哭啦，小宝贝。等着瞧吧，妈妈会来接你的！”

“哎哟喂，这里的冬天可冷啦！不过你别担心，当湖水结冰的时候，如果你需要的话，我们会给你送来一件厚大衣！”

尼洛在湖中捉到几条小鱼，在湖边找到几条虫子，默默地吞了下去，可这还不够她塞牙缝呢。不过，总算是恢复了一点儿力气。当夜幕降临的时候，野鸭们也不再转圈了。

尼洛想和他们保持距离，找一个安静的地方好好睡一觉。她真想离这些讨厌的长舌妇远一点儿呀！

清晨的第一缕阳光冲破黎明的黑暗，揭开若隐若现的薄雾面纱，动人的风景立刻重现眼前。尼洛想离开这里，她打了几个寒战，有一种不祥的预感，好像什么不好的事情即将发生。尼洛害怕极了："真的好想逃走呀！"可她还是忍不住伸长脖子，在高高的草丛里探头探脑。有什么东西延迟了她起飞的脚步，直觉让她弓起身子，躲在草丛里。"要不还是走吧。"她想，"哎呀，我到底该怎么办呢？"

那几只多嘴多舌的野鸭刚刚起飞，几声狗吠和一阵冷冰冰的枪声就撕裂了迷雾。中枪的野鸭栽进水里，那些幸存者则惊慌失措地到处乱飞，猎人的枪声更加密集了。猎狗们闻到鲜血的气味后，兴奋地狂吠起来，他们跳进水里，把漂在水面上的战利品带给主人。

尼洛看着眼前发生的一切，在高高的草丛里缩成一团。她真想堵住耳朵——猎狗们的狂吠、猎人的叫喊，以及双管猎枪在清晨新鲜的空气中放出的冰冷枪声，这些她通通不想听到。"这些野鸭真是太蠢啦！"尼洛在心里大喊着。

猎狗们停下脚步，猎人把双管猎枪扛在肩上，这场狩猎终于画上了句号。一个待在树上的家伙注意到了尼洛，他静静地站在那里，欣赏着尼洛的美丽与优雅。湖面上恢复了平静。

第二十章

“都这个时候了，你还在这儿干吗呢？你的小伙伴们几天前就离开这里啦！”

尼洛连抬头看一眼的勇气都没有。

“你不会说话，还是你受伤了？”

树上有只鸟儿！

尼洛把眼睛睁开一条缝，她真是害怕极了。

“你……还活着吗？”

“是的。”尼洛害羞地回答道，“我还活着。”

“你受伤了吗？”

“我没受伤。”

“你迷路了吧？！”

尼洛的嗓子眼儿里像是堵了一团棉花。她真想永远躲在这里，真是太丢人了呀！

“你还能飞吗？我们得尽快离开这里，这是狩猎区呢。”

“你是谁呀？”

“我叫萨利姆，是一只金雕。”

“刚才那一幕真是太可怕啦，我才不要飞出去，万一他们拿枪打我怎么办？”

“别冒傻气啦，快起来，我们得赶紧走！你怎么可能熬过这里的寒冬呢？千万别相信‘过冬很容易’这种鬼话，冰块和大雪能轻而易举地要了你的命！我们还得再飞上好几天呢，冷空气很快就到了，云朵变脸的速度才快呢！”

尼洛优雅地站起身来，轻轻地拍了拍洁白的翅膀。金雕不禁看得呆住了。尼洛那双狭长的黑眼睛真是太美啦。

“你是女王吗？”

尼洛笑了：“当然不是啦，我出生在烟囱上。”她羞涩地把嘴巴收在胸前。

“你呢，你就住在这里吗？”

“不，我们金雕家族生活在国王的宝座旁。”萨利姆骄傲地说道。

“我真是累坏啦！今天看到的一切，我这辈子都忘

不了。”

“我知道。正是因为这样，我们才要赶紧离开这里。我对这附近都很熟悉，就让我来当你的向导吧！这是你第一次往非洲迁徙吗？”

“没错。”

“有人在那里等你吗？”

“是的，可我根本分不清东西南北，我迷路了。”

“那我们出发吧，你就不要害怕啦。”

可尼洛还是迟迟没有动身。

“你怎么还不过来呀？你不信任我吗？要么跟我走，要么死在这儿，你还是选择相信我吧。”

尼洛迈开长腿，开始在草丛里行走。金雕替她放哨，在尼洛头顶的树枝上跳来跳去。

“让我来教你吧。我们会共同度过一小段旅程。如果我没记错的话，海滩就是你的目的地，你见过大海吗？”

“就是那种‘蓝色的沙漠’吗？”尼洛回应道，“这真是太让人激动啦。妈妈告诉过我，永远不要去海面上冒险，一定要沿着海岸线飞行。”

“你妈妈说得很对。”萨利姆说道。看着这只迷路的小鹳鸟，一股柔情涌上他的心头。

“你可得小心点，所有动物都会成为猎人的目标，可不只有野鸭那么倒霉。不过呢，我这种尊贵的鸟儿是个例外，他们才不敢吃我呢。据说，人类还会把鸟儿做成标本以便近距离地观察他们的构造。”

“真是太可怕啦！”尼洛说，她不由得担心起自己的爸爸来。

“人类就是这样呀！”金雕回答道。

他俩飞到峡谷上空，这里已经离那片湖泊很远了。

天已经大亮了，萨利姆和尼洛并肩飞行。

“加油飞吧！”金雕说道。

“你对我真是太好啦！”尼洛说道，“你为什么要这样做呢？”

萨利姆没有作声。

虽然只和尼洛在一起待了很短的时间，可他的思绪早就飞到了遥远的未来：在无边无际的天空中，和她一起自由自在地飞翔，这种感觉一定很棒！当他看到尼洛的那一瞬间，立刻就确定了：“我要守护这只鹳鸟！和她一起飞行，一定很美好！当她脆弱的时候，我可以呵护她；当她迷失方向的时候，我可以成为她的向导；当她饥饿的时候，我可以帮她找到食物；当夜幕降临、危机四伏的时候，我会陪伴在她左右。”

“两个人在一起的话……就没那么害怕了嘛。”萨利姆对尼洛说道。

尼洛费力地拍打着翅膀。

“你是不是有点冷啊？”

“是啊。”尼洛回答道。

“再等一会儿，等太阳再升高点儿，就没那么冷啦。再坚持一下吧。”萨利姆说。

尼洛拍了拍翅膀，轻轻地碰了一下身边的萨利姆。这时，遮住阳光的云层开始散开，灿烂的阳光为一切都镀上了一层暖色。

第二十一章

萨利姆高兴极了。太阳暖洋洋地照耀着，他正打算把“绝壁飞行”的看家本领传授给尼洛呢！

“张开你的翅膀！”

“这种感觉太棒了！”尼洛开心地大喊道。

“我们还可以滑翔得更远。平原向外延伸，峭壁下面就是大海。你要和小池塘保持距离，因为那里到处都是陷阱，经常有猎人埋伏在那儿。”

萨利姆给了尼洛许多建议，尼洛认真地听着。他们并肩飞行，越过山丘，朝着太阳升起的东方前进。在阳光的照耀下，海面变得金光闪闪。

“如果你累了，可以在乡下的屋顶上休息一下，不过千万别到城市里去。瞧瞧，你多漂亮呀，就像一位女王！农民们肯定会很尊重你的，因为你会给他们带来好运。”萨利姆心想：“在这一生当中，我从没像现在这样幸福过，这是因为我身边有了尼洛呀。能把自己的知识全都传授给她，还能和她一起飞行，真是太好啦！”

“你……你干吗这样看着我呀？”萨利姆突然问尼洛。

“你让我想起了和米安一起飞行的快乐时光。你真的好像他呀。和你一起飞行的时候，我也觉得很开心！不过，米安肯定一直在等我，我得快点回去找他。”

萨利姆和尼洛在河道拐弯的地方过夜。在这里，尼洛可以把心放在肚子里，好好地大吃一顿。萨利姆站在一根粗树枝上，时

刻警惕着，免得有人来偷袭这位可爱的朋友。一想到“朋友”这个词，萨利姆的喉咙就有点发涩。他站在高处俯视着尼洛，这只黑白相间的鸟儿，正优雅地伸着长长的腿，在浅水里走来走去。

“你真好。你为什么对我这么好呀？”尼洛问道。夜幕降临，尼洛在萨利姆身边缩成一团。

萨利姆没有立刻回答她。“因为和你一起飞行真的很开心。我想把我所有的经验全都教给你，这样你就可以到达非洲了，毕竟……那里有人在等你。”在那张骄傲而又坚毅的面容下，萨利姆藏起了自己的忧伤。整整一夜，他们都没再说话。在黑暗中，有一只猫头鹰站在离他们不远的地方，睁着一双大眼睛，为两只休息的鸟儿守夜。

第二十二章

经过两天的飞行，尼洛和萨利姆抵达了南方的海岸。大海卷起波浪，轻轻拍打着沙滩。他们一起眺望这片无边无际的“蓝色沙漠”，尼洛感受到了一种不一样的兴奋。和米安在一起的时候，她从没体验过这样的感觉。再次飞行的时候，尼洛发现她的伙伴有点忧郁。“你怎么不说话呀？”“我们很快就要分开了。”萨利姆说道，他直直地望向前方，都没扭头看尼洛一眼。

“我知道，这让我心里很不好受。为什么你不跟我一起去非洲呀？”尼洛问道。她激动地说：“你就这样一直做我的向导好不好，把我送到非洲？！”

萨利姆转过头，看着他的伙伴。

“我们来自不同的世界，你是鹳鸟，我是金雕，我们根本不可能生活在一起。和你度过的这几天确实很美好。可是，如果我们在一起度过的时光，不仅仅是这短短三天，而是十天，一百天，一千天，我只会越来越忧郁，因为我知道，你总有一天会离开的。而这个想法一直萦绕在我的脑海里。分离的忧伤，总会抹去相遇的欢乐，你的离去，留给我最好的礼物——就是充满喜悦的等待。每一天，我都会抱着希望，期待着再一次，再一次遇见你。每当看到南飞或是北迁的鹳鸟群时，我都会想：也许，你或你的女儿，就在这群鸟儿当中呢。只要一想到你能飞回鸟巢，或是抵达非洲，我就感到无比幸福，因为我曾陪在你的身边。从今往后，每一只鹳鸟，都是你。这是你留给我的，最最珍贵的礼物。”

他们又飞行了一天。黄昏时分，夕阳西下，两只鸟儿飞到了一片僻静的草地上，那里有一棵苹果树，旁边还有一条清澈见底的小溪。“我们去那里吧！”萨利姆说。

在落日的最后一抹余晖中，他们抵达了那片草地。萨利姆久久凝视着尼洛。“现在我该走啦。”他说，“我该返程啦，而你要继续沿着海岸线飞行，好好利用白天的时间，朝着南方一路前行，要趁着太阳在空中的时候抓紧赶路。如果我没推算错的话，你很快就能和亲人们见面了。”

“我真不知道该怎样感谢你，可我还有一个小小的请求：你能再陪我一晚上吗？等到天亮了再走好不好？”

“好吧。”萨利姆回答道，“我留在这里替你守夜。”

这一夜静静地过去了。两只鸟儿都装着一肚子心事，静静地一言不发。很快，天亮了，清风吹拂着他们的羽毛。

黎明时分。“是时候离开了。”萨利姆说，“可不要像以前那样到处乱飞了。”

尼洛用嘴巴轻触萨利姆的脸颊，转身飞上蓝天，跳起了圆圈舞。萨利姆站在一棵枯树的顶端，欣赏着尼洛的舞蹈——这是她献给他的独舞。尼洛的舞姿是如此动人，动作是如此优雅。萨利姆远远地望着她，满心都是分离的忧伤和充满爱意的喜悦——尽管这份爱永远无法实现。尼洛张开翅膀，在空中滑行，朝着南方，头也不回地离开了。萨利姆留在原地，久久地眺望着，直到尼洛的身影变成了一个遥远的小黑点，犹如沉入水中的小石子，消失在蔚蓝的天空中。

第二十三章

一路飞行，尼洛连一只鹳鸟都没遇到。焦虑犹如潮水彻底吞没了她，也沾湿了她的双眼。尼洛真的好想念萨利姆呀！“与朋友的分别，留下了空虚和痛苦。”她想，“但也留下了欢乐。”这两种感觉掺杂在一起，她也不知道哪一个占了上风。她想回到萨利姆身边，可是有一种更强大的力量，推着她继续向南飞。尼洛心里很清楚：她永远都是鹳鸟，也只能是一只鹳鸟。她只能在心里想着萨利姆，带着和他有关的回忆，继续向南飞行。

整整一天，尼洛都在风中逆行。大风吹得她头晕目眩，心中的孤独给了她重重的一击。可她依旧坚信：“我一定能够到达目的地。”在内心深处，尼洛感到有一股不同寻常的力量，这是一种近乎顽固的信念。

黄昏时分，尼洛既没找到沼泽，也没看到河流，没有地方遮风挡雨，也没有地方歇脚栖息。她看到了一个荒凉的河口，河流已经干涸，旁边有一片郁郁葱葱的树林，可她没有勇气去那里休息。筋疲力尽的尼洛飞了整整一天，她看到远处有一个屋顶，周围环绕着法国梧桐和英国榆树。飞过电线杆，来到屋顶上。尼洛停在这里，把脑袋向后仰着，长长的嘴巴一张一合，发出求救的信号。

“生了，生了！”她听到院子里传来一阵喊声。“终于生啦！是个男孩！这是我的儿子，你们知道吗？我有儿子啦！”一个农民大声喊叫着，像疯子一样跳来跳去，把帽子扔向天空。他兴奋地舞蹈着，像是被毒蜘蛛咬了一口到处乱窜，连他脚下的地面好像都震动了起来。

家里的男女老少全都冲到了院子里，向这位新爸爸道喜。就在这时，他们听到屋顶上传来一阵奇怪的声音。

大家四处张望。“快看呀！”一个小孩喊道，他高高地举起胳膊，胖胖的指头指向屋顶。

所有人聚集在院子里，齐齐望向屋顶。大家都惊呆了。

“哇哦，那里有一只鹳鸟！”

“她真漂亮呀！”

“这只鹳鸟在我家屋顶上干吗呢？”

“她是给你送祝福的呀！”

“必须得好好庆祝一下！”

“这真是一个奇迹！”

“真是太神奇啦，冬天还能见到鹳鸟呢！就是她给我送来了小宝宝……”那农民热泪盈眶地说道，“这个宝宝……我等了好久好久了，他终于和鹳鸟一起来啦！”

“鹳鸟能够带来好运！”大人和小孩一起喊道。

“鹳鸟能够带来好运！”

“好运！”

人们把尼洛的出现当作是上天的恩赐。就连那张着嘴巴求助的动作，也被他们当作是欢乐的象征——“这是为了新生儿的到来而高兴呢！”

“千万不要去捉这只鹳鸟！不然会倒霉的！”这位幸福的爸爸说道。他们准备了好几条小鱼，全都放在了院子里，把狗赶进马厩里锁了起来。第二天，院子里的小鱼都不见了。尼洛把它们全都吃掉了，她用自己的方式感谢了这个刚刚迎来新生命的家庭。

当美丽的鹳鸟起飞时，农民一家都把这当作是难得一见的奇景，这个神奇的征兆足够他们夸耀一辈子啦！

第二十四章

尼洛俯瞰着身下不断变换的风景：一路走来，景色变得越来越荒凉，干旱的平原上长着稀稀落落的灌木丛，马路边扬起阵阵灰尘；高高耸立的群山之下，是遍布岩石的广阔海滩。当热乎乎的暖流把尼洛送上蓝天后，她回想起自己的第一次飞行，妈妈教会她在飞行中该如何休息。尼洛任由风儿把自己送上高空，她张开双翼，在小城拥堵的街道上空滑翔。累了的时候，就在农民的屋顶上歇歇脚。她终于明白了："原来我的出现是一份礼物呢，能给人带来幸福的感觉！"

这些天来，尼洛一直在回想自己对米安许下的承诺。"我还活着呢，正在去见你的路上！"她在心里不断默念着。尼洛十分确定，米安肯定感应到了她的心声。在她的内心深处，仿佛也听到了米安的回应："你要好好的，我就在这里。快回来吧，我等着你。"这样一来，飞行也变得不那么辛苦了。

第二十五章

满怀心事，尼洛飞了好久好久，她总是会想起那位爸爸欢呼的样子，因为他的儿子刚刚来到这个美丽的世界。尼洛飞到河流入海口，隐约看到一只鹳鸟投映在水中的剪影。

她朝着地面滑翔而去。那是一只年迈的雄鹳鸟，身上的羽衣残破不堪，看上去一副筋疲力尽的样子。枯瘦的长腿陷在一潭死水当中，一大片白色的碎石围在水坑边上，旁边的树梢上还挂着褪色的塑料袋。

“终于有同伴可以陪我一起飞行啦！”尼洛开心地想。

这只老鹳鸟一副心事重重的样子，专心致志地沉浸在自己的冥想世界里，似乎没有人能打扰到他。尼洛从天上俯冲下来，欢乐地大叫着：“喂，我来啦！我在这里呢！”他这才注意到尼洛的存在。老鹳鸟目不转睛地盯着尼洛——她是如此的年轻貌美，以至于他都忘了呼吸。

看到这位老先生的反应如此冷淡，尼洛有点吃惊。对于这场相遇，他可不像尼洛那么兴奋，他的脸上只有满满的困惑。

“你是谁呀？在这儿干吗？你不是应该早就到非洲了吗？赶紧离开这儿！”老鹳鸟的语气十分坚决。

“这么多天以来，我连一只鹳鸟都没看到。我迷路了，也不知道现在是什么时候。对啦，我们这是在哪里呀？一路上我遇到了好多朋友，可我只想找到妈妈和米安。”

“够了，你闭嘴吧！”老鹳鸟喊道。粗暴的语言犹如一瓢冷水，把尼洛的满腔喜悦瞬间扑灭。

“真是吵死了！你能不能安静点呀！说吧，你叫什么名字？”

“我叫尼洛。”她怯生生地回答道，“几天前，我、妈妈，还有米安，与大部队一起踏上了南飞的旅程。一场可怕的暴风雨让我和大部队走散了，就这样，我迷路了。然后又掉进了森林里，一位会魔法的老婆婆帮了我。再然后我来到湖边，有几只野鸭被猎人打死了。在我害怕、不知所措的时候，有一只金雕出现了……”

“你的语速一直这么快吗？”老鹳鸟说道。

“终于有人能和我说话了，我这是太高兴啦！”

“好了好了，我知道了。不过，我帮不了你。”

“为什么呀？难道你不和我一起去非洲吗？”

“不，我要留在这里。”老鹳鸟说着说着，语气也变了，“我太老了，已经飞不动啦。我就这样待在河口，等待冬天的降临吧。我也不想成为别人的累赘。几周前，我在这里停下了。就让我静静地待在这里吧，永远……留在这里吧。”老鹳鸟望着年轻的尼洛。

“你叫什么名字呀？”尼洛问道。

“巴巴克。这是一位王子的名字。曾几何时，我也曾带领着鹳鸟的队伍，结识了无数同伴……而你，是这么的年轻漂亮。我从没见过像你这么美丽的鹳鸟。能把你这样的美人带到世间，你的父母真是太有福气了；能和你分享同一个鸟巢，你的兄弟姐妹也很有福气呢；当然啦，最最幸运的，还是那个与你共结连理、比翼双飞的家伙。”

“我不记得爸爸长什么样子，”尼洛说道，“在这次旅行中，我和妈妈也失去了联系，而且我还没有伴侣呢。我不知道该怎么办，也不知道自己能不能抵达目的地。唉，我真的好怕再一次迷路！我知道，米安一直在等我，他一定希望能早点见到我。我好想他，如果他在这里……”

“哎哟呦！”巴巴克慢慢地挪动了几步，“我走不动啦……全身上下都痛得要死。”

“您亲身经历了多少次迁徙呢？”尼洛问道。

“十次？还是二十次？早就记不清啦……我的子子孙孙散落在世界各地，我自己都不记得有过多少个孩子啦……我已经太累太累啦。”

“您是很久没吃饭了吗？”

“是的，我现在虚弱极了……也不知道，这双腿还能支撑我站多久。”

河底的石头滑溜溜的，老巴巴克颤颤巍巍地走在上面。小尼洛拍拍翅膀飞起来，俯冲到这条满是肥鱼的小河里，捉了好几条小鱼。她把这些战利品衔在嘴里，送到老鹳鸟面前。

“你这不是在帮我，而是在延长我的痛苦。你为什么要这样做呢？”

“你需要补充体力。”尼洛说道。

“你真是个好孩子。”

“有一位老婆婆告诉过我，这是在交换礼物呢。当我掉到树林里的时候，她曾细心地照料我。现在，该我照顾您啦……”

“这份礼物要被浪费啦。”巴巴克说道，“我只剩下几周的生命了，这还是乐观的估计！也许过不了几天……”

“可是，礼物的乐趣就在于相互交换呀！”过了一会儿，尼洛慢吞吞地又说道，“这是我为你捉鱼的时候，想明白的道理呢。当我把鱼衔过来的时候，别提有多开心啦！那位森林老婆婆曾无微不至地照顾我。可是直到现在，我才明白她的话是什么意思。金雕萨利姆也陪着我飞了好久好久……”

“你知道那种用鼻子吃饭的巨型动物吗？人类把他们叫作大象。你会见到大象、斑马、黑斑羚，还有那些顶着长长的犄角，成群结队四处乱跑的白尾角马。现在，就让我为你指路吧。很快，你就会飞到陆地的尽头，然后转向西方，也就是太阳落山的方向。沿着这条路线一直飞，你会看到一条狭长的通道，紧接着，你会看到西方出现一片大陆。那条通道连接着的陆地，就是人类所说的非洲大陆。你现在已经偏离方向啦，得想办法缩短飞行的时间，明白了吗？你要飞越无边的沙漠，朝着目的地一路行进。沙漠的另一边，是辽阔的海洋，记住，千万不要在海面上飞行。在越过沙漠之前，你可以在这里休息几天，好好地大吃一顿。因为接下来，你要飞越茫茫沙漠，千万不要半路停下。满月的时候，你会看到，身下的群山犹如沙海里涌动的波浪，跟随着月亮在天空中的轨道，一路向南，你就会知道该走哪条路。午夜飞行的感觉真是太棒了，犹如沐浴着银色的光辉。但是一定不要停下休息，否则那将是你人生的终结。白天沙子会灼伤你的双腿；晚上气温骤降，你会被活活冻死。所以，只能不停地在空中飞行，心里想着你的妈妈，你的米安；想着等你长大以后，筑起的第一个鸟巢；你会成为一位美丽的妈妈，带着你的孩子们一起幸福地生活……”

第二十六章

尼洛认真地听着老鹳鸟的话，可他说着说着，好像就变成了自言自语：“能够再次遇到米安，一定很棒。你会和他开启全新的人生旅程。我居然有点替你开心呢，这真是太滑稽啦……”

“你一定很想他吧？”巴巴克问尼洛。

“是的，我想好好照顾他，就像金雕照顾我那样。”

“那么，你就祈祷着能够再次遇到他吧，用你的真心去祈祷，他一定听得见。”巴巴克把小鱼吞下肚，感觉好多了。

“好久都没这么痛快地大吃一顿啦！”说完，他转头望着尼洛，“你为什么这样忧愁呢？”

“我希望您能和我一起前往非洲，可我知道，您的时间不多了……”

“即便分别，我也会一直守护在你身边的。”巴巴克回答道，“我就在你的回忆里呀，和森林老婆婆、金雕萨利姆，都是一样的。这样，你永远不会忘记我，你的美丽，也将永存我心。”

尼洛和老巴巴克在一起度过了三天的幸福时光，一老一少两只鹳鸟都过得开心极了。他们彼此关怀，充满耐心，总是有聊不完的话题。巴巴克听尼洛讲她的冒险经历，听她讲那个会变成恶狗的森林老婆婆、那位金雕朋友，还有那群笨野鸭。尼洛讲她在鸟巢里的日子，在烟囱边度过的孩提时光，每当夜幕降临的时候，妈妈常会绝望地呼唤着一去不回的爸爸。尼洛心里很清楚，老巴巴克该独自面对他的命运了。

第二十七章

“你该出发了。”巴巴克说，“不然的话就太晚啦。明天，你就该朝着新家进发了。毫无疑问，没有鹳鸟群的帮助，这场旅行会格

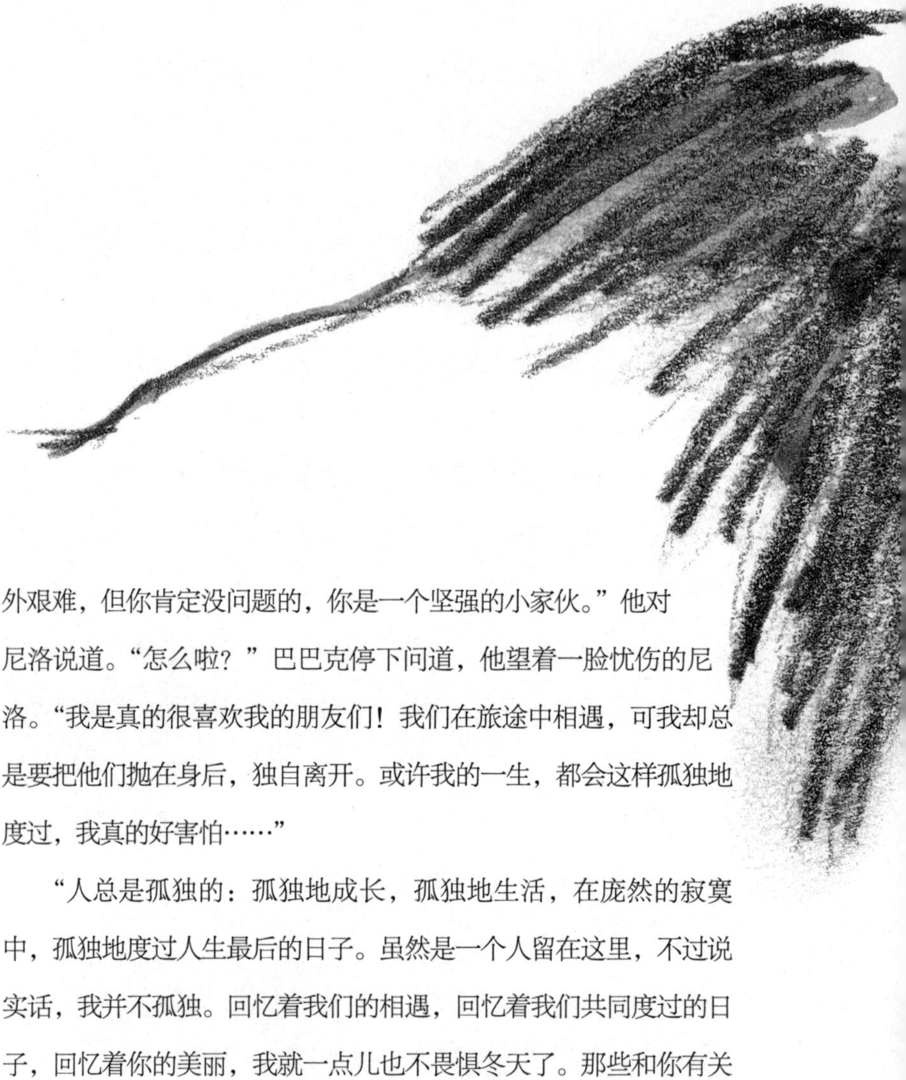

外艰难，但你肯定没问题的，你是一个坚强的小家伙。”他对尼洛说道。“怎么啦？”巴巴克停下问道，他望着一脸忧伤的尼洛。“我是真的很喜欢我的朋友们！我们在旅途中相遇，可我却总是要把他们抛在身后，独自离开。或许我的一生，都会这样孤独地度过，我真的好害怕……”

“人总是孤独的：孤独地成长，孤独地生活，在庞然的寂寞中，孤独地度过人生最后的日子。虽然是一个人留在这里，不过说实话，我并不孤独。回忆着我们的相遇，回忆着我们共同度过的日子，回忆着你的美丽，我就一点儿也不畏惧冬天了。那些和你有关的回忆，给我人生最后的日子，增添了幸福的色彩。我曾有一位相伴一生的爱人，我们每天都待在一起，不论是苦难还是欢乐，我总是守候在她的身边。这是我人生中最珍贵的礼物。虽然你只和我在

一起度过了三天的时光，可我感觉这已经足够幸运了。这三天的时光，也是一份贵重的礼物。几年前，在郁郁葱葱的非洲大平原上，我的爱人离开了。她飞向了安静的天国，长眠在一棵巨大的猴面包树下。我无法飞到那棵树下去见她，但我可以去安静的天国寻找她的踪影。我想，飞到那里去，应该不费什么力气吧。我已经太老啦。”巴巴克说道，“她就在那里，与我同在，你明白吗？”

“长大后，我再也没见过父亲，您就暂且做我的父亲吧。”尼洛说道。

“你的出现，就像是一份大礼，给我人生最后的日子，带来了无与伦比的欢乐。我永远都不会忘记你！当你独自飞越沙漠的时候，就想想我——我将与你同在，为你引路。你的直觉也会为你指引方向，你要学会倾听自己内心深处的声音。”

“我的心很悲伤。”尼洛说。

“我也是。但此时此刻，我的心中也充满了欢乐。”巴巴克说道，“对我来说，你的出现是一份真正的礼物。关于你的回忆、你说过的那些话语，都让我感到前所未有的幸福。当我等待冬天的时候，我会闭上眼睛，在内心深处，回忆着你美丽的身影……”

尽管全身上下都疼痛不已，巴巴克还是坚持为尼洛献上了一支舞蹈。就在这一刻，他仿佛恢复了青春，变得像当年一样英俊强壮。

他慢慢地舞着，把头向后仰着，长长的嘴巴敲击着，用哽咽的声音，唱出一支混合着喜悦与悲伤的歌，唱出一支最后的歌。他在尼洛的头顶，以一个熟悉的姿势久久地盘旋着。尼洛望着在空中舞蹈的巴巴克，眼中饱含着热泪，她展开双翼，飞过红松，飞过棕榈，朝着大海的方向飞去。她告诉自己：“不要回头。”

第二十八章

直到现在，尼洛才享受到拥有父亲的幸福。巴巴克告诉她，即使身处令人绝望的黑暗，这种温暖也会永驻心底。当她沐浴着正午的阳光，在天空中翱翔的时候，尼洛想起了妈妈：她现在一定担心得要命，孤独得要命，真想立刻就飞到妈妈身边呀！我一定要给她一个大大的拥抱，把这些奇妙的经历全都讲给她听。尼洛又想到了米安：那个傻乎乎的家伙，那个只要看着我，就能让我满心甜蜜的家伙。他最大的愿望，就是和我生活在一起。就像我们在湖边度过的那些日子一样，一起度过生命中的每一天。我一定要把这次旅途中收到的所有礼物，全都送给米安。这些想法给她注入力量，连拍翅膀都变得更带劲了呢！

尼洛沿着弯曲的海岸线飞行，直到看到了南面的海洋。按照巴巴克交代的那样，她转向西方，朝着落日的方向进发。

这真是一场艰苦的旅行呀。尼洛飞了好久好久，海滩上到处都是岩石，巨浪卷起白色的泡沫，重重地拍在岸上，根本就没有歇脚的地方。海风劲吹，海面被刷成白色。尼洛张开翅膀，随着气流飞行。

尼洛看到许多高大的树木，长长的树叶垂向地面，地上铺满了小石子，一大群红嘴海鸥鸣叫着，飞过一座座巨大的垃圾山。他们不去捉鱼，而是围着一辆推土机飞来飞去。在卡纸、酒瓶、橡胶、旧冰箱、破箱子、木料、废品、半空的纸盒、咖啡渣和在空中飞舞的塑料袋中间，这只钢铁巨兽推着小山一样的废纸堆缓缓前行。这些鸟儿的叫声让人心里发毛，他们用坚硬的嘴巴啄破塑料袋，玩得不亦乐乎。巨大的垃圾山散发着可怕的臭气，比海滩上烂了几天的死鱼还恶心。尼洛真的搞不懂："在这样一个垃圾堆里，他们居然还能吃得下饭？"每一阵风儿拂过，都会带来令人作呕的臭气。

尼洛奇怪的飞行姿势，吸引了一只红嘴海鸥的注意。他撞了一下尼洛。

"这不是你的地盘！"红嘴海鸥吼道，"快滚开！我们才是这里的主人！"

"我只是想休息一下。"

"滚开！"红嘴海鸥喊道。忽然，他使出全身力气，狠狠地朝尼洛撞来。尼洛赶紧闪到一边，幸好有一阵风儿托着她，使她缓慢地朝海面跌落下去。

"滚吧，这里不是你的地盘！否则我们就吃了你！"

尼洛真是累坏了，她连解释的力气都没有了："我真的没想过要在这里吃东西呀，我只是想休息一下而已。"她朝着海面飞去，小心翼翼地控制着下降的高度，然后猛地向上一冲，拍拍翅膀，就又飞了上来。可那只红嘴海鸥并不想轻易放过尼洛，他借着风力飞行了一段距离，使出全身力气再次朝尼洛扑来。之前多亏了那阵风儿的帮忙，尼洛才能成功躲开他的袭击。不过这次进攻，这只愤怒的红嘴海鸥重重地撞到了尼洛的背上。他的嘴巴硬得像块石头，尼洛痛得快昏过去了。幸运的是，尼洛并没有受伤，摇摇晃晃地朝着海面跌落下去。起起伏伏的海浪犹如向上伸出的数千只手掌，那些惨白的手指，想要揪住尼洛，把她拖进深渊。尼洛眼看就要掉进海里了！就在这一刻，又一阵海风托起她的翅膀，把她送上高空。

“你个丑八怪，离那只鹳鸟远一点儿！”一声无情的枪声在耳畔炸响，尼洛实在是太熟悉这个声音啦。

她转过身，看到那只红嘴海鸥灰溜溜地逃跑了，一支猎枪正在下面瞄准他。

海面上漂荡着一只小船，一位老水手正热情地邀请尼洛下来休息呢：“来呀，快来呀！别害怕，我来保护你！”

那只红嘴海鸥还是不肯死心，在小船附近飞来飞去。“该死的家伙，你要倒霉了！”老水手吼道，他把拳头握得紧紧的。筋疲力尽的尼洛决定在小船上好好休息一会儿。刚才真是把她吓坏了！“这位老爷爷，你要是想杀我的话，就赶紧动手吧！”尼洛心想。

她站在小木船上，害怕得瑟瑟发抖，小心脏狂跳个不停。

“这下安全啦！”老水手说道，“该死的海鸥，现在都沦落到住垃圾场的地步了！不过像他们这种坏家伙，也只配住在这里了！现在呢，你就在这儿安安静静地休息一下吧，我们很快就能靠岸了，你就可以继续自己的旅程啦！”

第二十九章

老水手哼着歌儿，翻来覆去只有那几句。他一边喝着瓶子里的酒，一边把捕到的小鱼放进木桶里——这些都是送给尼洛的呢！

一只鹳鸟飞上船，
打鱼老翁笑开颜。
明日肥鱼灌满船，
换来一枚金指环。

尼洛望着大海。她从没这么近距离地观察过海洋，说实话，大海还真有点吓人呢！此时此刻，夕阳西下，云朵染上了一层淡紫和粉红，海水的颜色也渐渐变深了。

尼洛把刚吞下去的小鱼吐了出来。

老水手笑了。“咸咸的，对吗？你想要加点蜂蜜，调调味儿吗？”他笑着说道。“我只有这个啦，也给不了你别的东西。”他补充道。老水手一边看着尼洛吃鱼，一边抽着烟斗。他靠在船舵上，晚风渐凉，落日西沉，海岸也越来越近。

“那里就是非洲啦，我的小可爱。”老水手说道，“明天早上我们就能到啦！”

吃到最后，咸咸的小鱼也变得美味了。在不知不觉中，疲惫的

尼洛进入了梦乡。她梦见爸爸回到了烟囱上的家里，梦中他竟然和巴巴克长得一模一样。她想和爸爸一起飞翔，却在这个寒冷的夜里，孤零零地掉进了沙漠中，嘴里塞满了沙子。尼洛看到妈妈朝自己飞来，她想大声告诉妈妈：“爸爸回家啦！”可是却发不出声音，都怪这些讨厌的沙子！仿佛被镣铐紧紧锁住一般，尼洛全身上下都动弹不得，成了沙漠的囚犯。她越是拼命挣扎，就陷得越深。“快从这噩梦中醒来吧！”她在心中祈祷着。怀着这样强烈的愿望，尼洛从梦中惊醒，她渴得要命，嘴里仿佛塞满了沙子。小船晃个不停，尼洛感到一阵恶心。当她睁开眼睛的时候，发现自己竟然被关进了笼子里。“听着，我可不能让你就这样跑了！你实在太漂亮了，有些人会迫不及待地把你做成标本的！”老水手笑着说。

小船漂荡在黑漆漆的水面上，尼洛感到自己仿佛还在梦中，于是她重新闭上眼睛。而那可怕的干渴却不肯放过她。“我先闭眼休息一会儿，等到再次睁开眼睛的时候……我肯定就自由了，就可以飞走啦！”等尼洛再次醒来的时候，她看到高耸的群山矗立在海面上，这些山峰仿佛已经在水中屹立了好几百年。老水手

把小船停在岸边，面前是一片无边无际的白沙滩，一条小河缓缓流进大海。

“放心吧，我是不会把你烤了吃掉的。你这个皮包骨的小家伙，实在太瘦啦！对不住啦，等到了下一个市场，我就把你卖了，换成沉甸甸的金子！一个做标本的手艺人找过我好几次呢，他想做一个漂亮的标本！这不，标本就在眼前啦！”他狠狠地吸了一口烟斗，笑着说道，“猜猜看，我还会对他说什么呀？千万别问我是怎么捉到这只鹳鸟的，因为说出来也没人信！”老水手爆发出一阵可怖的大笑，他摇了摇头，恐怕连他自己都不太相信刚才那一番话是他说的呢。他一边笑着，一边靠在船舵上，举起瓶子又灌了一大口酒。

第三十章

“看看我抓到了什么？你有新的小伙伴啦：一只漂亮的小燕雀！”老水手说道。

“尼洛？”

“哈迪？！”

“我简直不敢相信自己的眼睛！”

“我也不敢相信自己的眼睛！”

“你在笼子里干吗呀？”

“那你又在笼子里干吗呀？”

“你干吗老学我说话呀？”

哈迪笑了。可尼洛却变得十分忧伤，挤在这个小小的笼子里，实在太痛苦啦！

“多么动听的鸟儿演唱会呀！你们两个小家伙聊得倒挺开心的呢！把你俩卖了，能抵得上我半个月的卖鱼钱。”老水手说道，“没想到吧，这艘小船里居然关着两只鸟儿！有一天，我去捕鸟，还捉了好几条会飞的红鲤鱼呢！”老水手哈哈大笑，他已喝得半醉，和小船一样摇摇晃晃，可还是举起瓶子，灌了一大口酒。

“我们得赶快逃走！”尼洛说。

“怎么逃啊？”哈迪反问道。

“呵呵，怎么逃？真是个好问题！要是再在这个鬼地方待一会儿，我就再也飞不起来了！”尼洛说。

醉醺醺的老水手举起酒瓶，敬了一个不太标准的礼。“谢谢你啦！”他对尼洛说道。摊开手掌，一枚金指环躺在他的手心，这是森林老婆婆送给尼洛的护身符。一道大浪扑来，小船上下晃动，老水手一不留神，金指环滚进了船底。他骂骂咧咧地俯下身寻找，可什么都没找到。他疲惫地直起腰，身子还没站稳呢，就向后倒去，重重地跌坐在船舵上，都怪酒精太害人，都怪海面太摇摆。老水手睡着了，隆隆的鼾声就像一只发动的马达。

“也许……我有主意了！”哈迪低声说道。

他叼起笼子里的一根小树枝，试着用小树枝去推老水手的酒瓶。随着小船的晃动，酒瓶终于倒了。“这个主意真不错！可你到底想干吗呢？”尼洛说道。酒瓶随着波浪的节奏，滚进了小船的底部。“难道你是想把他弄醒吗？”尼洛的语气里满是嘲讽。

“你还有什么更好的办法吗？”哈迪反问道，“要不我把酒瓶推到你那边得了，这样你也能喝上两口了！”

老水手睁开沉重的眼皮，迷迷糊糊地伸出手，在船底胡乱找了两圈，在疲倦和酒精的作用下，他又陷入了沉睡，重新打起了呼噜。

“这下完了！我们再也逃不出去了！”尼洛小声说道。

“你怎么总是抱怨个没完啊？”

突然打来一道大浪，把哈迪的笼子朝尼洛推去。

哈迪没有放弃。他重新叼起小树枝，使出全身力气，撬开了尼洛笼子上的门闩。

“看到了吗？现在该你救我啦，赶紧的！”哈迪低声说道。

尼洛却好像没听到一样。“喂，尼洛，赶紧把我放出来呀，你欠我一个人情呢！拜托啦，快帮帮我吧！你怎么不听我说话呀？你可不能把我丢在这里呀，我才不要这样的结局！喂，你听见了吗？”

尼洛盯着鼾声震天的老水手。她张开翅膀，哎哟，真的好痛呀！这双翅膀像是被绳子捆了个结实，几乎动弹不了。她继续尝试拍打翅膀。

“喂！你可别就这样走了啊！”

“你就不能安静一分钟吗？”尼洛说，她感觉全身上下都酸痛得不得了。

她艰难地挪动了几步，叼起小树枝，打开了哈迪的笼子，然后准备起飞。

“我们走吧！”尼洛说道。

“我自由啦，自由啦，终于自由啦！”哈迪一边喊着，一边像箭一般蹿出笼子。尼洛艰难地移动着，随着小船的节奏摇摇晃晃，根本没法保持平衡。她太害怕掉进水里了，犹犹豫豫地不敢起飞。

哈迪在空中飞舞，看到有什么东西在闪光。叼起来一看，原来是尼洛的金指环！老水手突然醒了过来，想捉住哈迪。他伸出双手一通乱舞，倒像是在抓苍蝇。就在这时，他看到了正在努力挥动翅膀的尼洛。老水手嘴里嘟囔着随手抓起一个空酒瓶。

“快起飞呀，尼洛，飞呀！他要拿酒瓶砸你啦，尼洛！”哈迪大叫道。金指环从他的嘴巴里掉了出来，在它即将掉进水里的前一秒钟，哈迪飞过去接住了它。

老水手将酒瓶对准尼洛丢了过去。就在这时，尼洛腾空而起，张开翅膀，紧贴着水面滑翔而去，羽毛溅起朵朵浪花，她终于又飞上了天空！

哈迪和尼洛把老水手的咒骂声抛在身后。尼洛一会儿歪向这边，一会儿偏向那边，像是在船上一样摇摇晃晃的。向导哈迪说，海岸就在眼前啦！

飞出一段距离后，哈迪忽然掉头飞了回去。在老水手愤怒的目光中，他把金指环丢进了海里。“再见啦，老酒鬼，祝你撞到礁石！”他对老水手说道，“我现在自由啦，自由万岁！”然后他转身飞回尼洛身边，笑得别提多开心啦。那枚救了鸟儿们一命的金指环，就这样永远留在了海底。就在这时，尼洛仿佛听到了森林老婆婆的声音，她和两只鸟儿一起，发出了最欢乐的笑声。

第三十一章

“我们这次‘越狱’真是太精彩啦！”哈迪说。

“能在那艘船上遇到你，真是太不可思议了！”尼洛回答道。

“那个老水手都把我关了一个多月啦！就在离这儿不远的地方，有一张密密实实的大网，我就是在那里被抓住的。我本来只是想吃几颗葵花籽的，结果却被关进了笼子里！不过，很高兴能够再次遇到你，而且咱们重获自由了！”

尼洛和哈迪打算在月圆之夜，开始漫长的旅程。两只鸟儿来到河流入海口，甘甜的河水在这里汇入大海，这里还有不少肥美的鱼虾呢。尼洛吃了好多小鱼小虾，还有虫子和青蛙。在她头顶上，一群鸟儿正在空中翩翩起舞，身上披着绿色、黄色、红色、蓝色、紫色和朱红色的羽毛。尼洛从没见过这种鸟儿，他们的羽毛就像彩虹一样美丽。这里还有大红鹳呢！最让他们引以为傲的，就是自己那一身玫瑰色的羽毛。这些鸟儿把弯弯的嘴巴伸向天空，一双细腿站得笔直，真是太优雅了！大红鹳过着群居生活，有时甚至会聚起上千只的队伍，在空中自由地飞翔。

“我还记得咱们第一次见面的场景呢，那时的你可不怎么友好呢。”尼洛说。

“可我还是跟你道谢了呀。”哈迪回答道。

“你躲在我家里，然后突然飞了出去，就像你来时那样……”

哈迪有点不好意思了。

“那些乌鸦说的话都是真的吗？”尼洛问道。

“他们说什么了？”哈迪反问道，他装作一副失忆的样子，“你呀，还是赶紧去洗个澡吧。”说完，哈迪吹起了口哨。

尼洛走起路来还是摇摇晃晃的，这一定是乘船后遗症惹的祸。

她独自在河里走着，看着自己倒映在水中的影子，傻乎乎地笑了起来。尼洛看到一群穿着玫瑰色华服的鸟儿，感叹他们的从容、优雅。再看看自己全身的羽毛，尼洛都有点不好意思了：“她们真美丽呀，即使是在水里走来走去，也像是在红毯走秀一样闪耀迷人！”

尼洛抬头望去，那些披着黄色、红色、绿色羽毛的小鸟组成一朵朵云彩，他们鸣叫着，飞舞着。黄昏时分的天空，更是给他们的羽毛染上了各种瑰丽的色彩。这些鸟儿唱着歌儿，出现在尼洛眼前，带给她无穷的喜悦，也带给她无尽的忧伤。因为这里，只有她是孤零零的一个人。尼洛放眼望去，她是这里唯一的鹳鸟。

哈迪望着心事重重的尼洛。那支数千只燕雀组成的迁徙大军，已经离他太远太远了，尼洛的孤独和忧伤，他全部都懂。看到尼洛这么难过，哈迪决定为她做些什么。“给你看个有趣的东西。”哈迪说道，他来到尼洛身边，“看看你在水里的倒影吧，你肯定会很开心的！”

落日把静止的水面染成粉色和橘色。在落日余晖的映衬下，尼洛在水中看到的，不再是一只白色的鹳鸟——她的羽毛一会儿变成粉色，一会儿变成红色，一会儿又变成紫色，就像把天空的颜色披到了身上。尼洛快乐极了。

“看到了吧？你多漂亮呀！你可比那些鸟儿幸运多啦，不管你喜欢什么颜色，都能穿在身上。只要你愿意，每天晚上都能换衣服！”

第三十二章

尼洛和哈迪站在河边。

“我们……现在是朋友了吗？”哈迪问道。

“‘朋友’是什么意思呀？”

“即使大家很久不见，也会相互关怀。在这场旅行中，如果我一直陪在你的身边，我就是你的朋友啦。之前，我们曾一起逃出牢笼，重获自由；将来，我们也能打破枷锁，逍遥自在！从今以后，我们再也不会分开。这就是‘朋友’……至少我是这么想的啦！再说了，我们还救过彼此的命呢！”

尼洛望着这只围着她飞来飞去的小燕雀：“不过说实话，我救过你两次呢。”

“话是这么说……哎呀，不要在意那些细节啦！”哈迪回答道。

尼洛望着哈迪，摇了摇头。“可是，你为什么不和你的朋友待在一起呢？”她问道。

“那你呢，你怎么也落单了呀？”哈迪反问道。

“我迷路了嘛！你还没告诉我，你为什么独自飞行呢！”

“离开集体一个人生活更有趣嘛！我们燕雀可都是非常独立

的鸟儿呢！”哈迪骄傲地回答道，“我们喜欢满世界旅行，到处结交朋友。要不是这样的话，我们现在也不会成为朋友嘛！”

“明天我就要离开了。”尼洛怏怏不乐地说道。

“那你现在烦恼什么呀？”哈迪问道。

“我害怕。我不知道该怎样翻过这座高山。越接近目的地，我就越焦虑……我真的好害怕，自己会永远迷失方向。”

“或许……你只是害怕见不到妈妈和米安吧？”

“你真是个小坏蛋！”尼洛回答道。

“哎呀，别总是藏着掖着，不说实话嘛！”

尼洛真的好想米安和妈妈呀，她一直期待着和他们重逢。这股力量推着她向前飞，催促着她赶紧出发，也把深深的焦虑带给了她。尼洛回想起老巴巴克在河边度过的最后的日子，真怕自己再也见不到他们了。

“明天我也要出发啦！虽然不知道要去哪里，但是天大地大，哪里都是我的家！”

第二天早晨，哈迪和尼洛飞上了蓝天。暖风轻轻吹，他们飞得更轻盈了。

尼洛沿着弯曲的河道飞了一会儿，然后就不知道该往哪儿去了。

“不是那里啦，是这里！”哈迪飞回去对尼洛说道。

尼洛开始在空中打转，迷迷糊糊地辨别着方向，可她连太阳是怎么转的都搞不清楚。哈迪严肃地批评了她：“你这是怎么飞的呀？”说完，他哈哈大笑起来。

尼洛又迷路了。

“你想去哪儿呀？照这样下去，你觉得能到目的地吗？”这次，哈迪的语气听起来可不像是开玩笑了。

“别说了，你走吧！”尼洛说，“别管我！”

“就不走！我从没见过像你这么冒冒失失的鹳鸟！你迟早会撞到棕榈树上的！你脑子里的罗盘是不是坏掉了啊？”哈迪说道，他围着尼洛前前后后、上上下下飞个不停，快得像是一颗出膛的子弹。

“不，不是那里，是这里！我们得去这里，这里！”

“别烦我了！你干吗要这么折磨我呀？”

“我只是想帮你啊。”哈迪说，“我们不是朋友吗？”

尼洛没有回答。

“我陪着你走过一段旅程。可我从没见过你这样的鹳鸟：运气差得要命，连一点儿自我保护能力都没有。你不是帮过我两次吗，那让我还给你一次好啦，你觉得这样可以吗？”哈迪说道。为了给这位朋友留下深刻的印象，哈迪大声说道：“看好了，跟着我，起飞！”

尼洛放慢速度，转过头看着哈迪。“我完全搞不清楚，咱们这是要去哪里呀？我已经彻底晕啦！”尼洛说道。

“总是需要有人带路嘛，你就跟着我吧！和你一起飞行，也是一件很开心的事情呢！”

“你总是这么叽叽喳喳，说个没完吗？”尼洛问道。

“怎么啦，难道你不喜欢吗？”哈迪回答道。

第三十三章

“你们鹳鸟选择的是另一条路线。我们现在走的这条路，我自己也不太熟悉呢……不过，这样就更好玩啦！”

尼洛跟在哈迪后面，两只鸟儿沿着海岸线飞行，身下一边是海水，一边是沙漠。白天绵延起伏的沙漠热得滚烫，夜晚漫无边际的海面波涛翻滚。月光下，沙漠仿佛成了无边无际的海滩，向着黑暗深处延伸，让人心里恐惧。海面上倒映出的月亮，为夜晚的飞行增添了神秘。

他们飞行了两天。在阳光的照耀下，尼洛的影子总是忠心耿耿地跟在她的身后，而哈迪的影子已经小得看不见了。

“就像我不存在一样。”哈迪朝地面望去。“你知道吗，这是我第一次和鹳鸟一起飞行呢！”他说道。

“你和别的鸟类一起飞行过吗？”

“我和白天鹅一起旅行过，只是他们飞得实在太高啦！对了，还有燕子，不过他们的速度可比我快多了。和鹳鸟一起飞行，这还是第一次呢。”

“我还从来没有跟这些鸟类一起飞过呢。”尼洛回答道。

“原来如此。那你怎么才能交到新朋友呀？”哈迪问道。

“我也不知道呢。不过你就等着瞧吧，我肯定能认识好多朋友的！”

哈迪不解地看了尼洛一眼，趁她不注意的时候，偷偷做了一个鬼脸。夜幕降临，明月高悬，疲劳让两只鸟儿眯起了眼睛，尼洛听到自己心里有个声音，那是米安正在忧伤地呼唤她：“尼洛，你在哪里呀？我想和你一起玩耍，你在哪里呀？”还有妈妈那信心满满的声音：“小宝贝，我等着你呢，我知道你马上就要到啦。”“妈妈，我来了，我马上就要到啦！我现在真的好累呢，上下眼皮都在打架，翅膀也变得好沉好沉，但我一定会尽快赶到你和米安身边的。”

“你可千万别睡着啊。我在这儿呢，有我陪着你呢！”哈迪说道。

“我好累呀。”

“我们得再飞高一点儿呢。”哈迪说道。

“我好渴啊。”尼洛说道。

“等天亮了，我们就停下来喝水。别再想着什么累不累的事情啦，快跟我讲讲，你到底是怎么被那个老水手抓住的吧，怎么就上了那艘贼船了呢？一想到咱们离开的时候他脸上那副表情，我就开心得不得了！”哈迪大笑着说道。

哈迪和尼洛飞了一个白天，又飞了一个晚上。

晚上的时候，疲惫的侵袭一阵强过一阵。他们朝着云朵飞去，朝着星星飞去。飞行变得越来越困难，他们耗光了力气，已经很久没说过话了。

两个小伙伴降低了飞行的高度。尼洛的心里响起了爸爸的声音，恍惚间，她一时竟分不清那到底是爸爸，还是巴巴克。“你一定就是我的小宝贝尼洛了，快飞到妈妈的身边去吧，她一个人很孤独的。”他对尼洛说道，“妈妈在等你呢。亲爱的尼洛，爸爸从未离开过你，我一直在你身边。明天早上，你就会看到无边的草原、参天的树木，你一定会很开心的，如同你从未离开过这片热土。飞行路上，我们一直都陪在你的身边，我们等着你。”

“我快累死了，可我还要继续飞！”尼洛大声说道。

“你在说梦话吗？你这是一边睡觉一边飞行吗？”哈迪问道。“这样的奇事，我这辈子还是第一次见到呢！”哈迪说，“加把劲儿，再坚持一下，然后我们就可以歇歇脚啦！”他鼓励尼洛。

心中响起的这些声音，给尼洛增添了无尽的欢乐，也给她的飞行注入了新的力量。

第三十四章

这场飞行持续了三天。终于，清晨时分，在筋疲力尽的尼洛和哈迪眼前，无边的草原取代了荒凉的沙漠。

“好热呀！”哈迪说道，“我快渴死啦！恨不得喝光一条河！冲啊！”

尼洛的心里满满都是幸福的味道。当哈迪像箭一般冲向小河的时候，在这片一望无际的平原上，在这片无边无际的天空下，尼洛划出一道长长的抛物线。她落到河边，看到三块灰色的大石头，在喝水之前，先在这里休息一下也很不错呢！尼洛疲惫地滑翔着，累得连翅膀都不想动一下。她在空中慢悠悠地转了一圈，终于停在了最大的那块石头上，站在这里，就算高高的草丛里有什么埋伏，也逃不过尼洛的法眼！

闷热的空气、发烫的石头，非洲大草原犹如一片干草的海洋，一眼望不到尽头。远处跑来一大群马儿，他们的身上披着黑白相间的条纹，还有几只大猫在猴面包树的树荫下打呵欠。尼洛开心极了，与此同时，她心里也很清楚：最困难的旅程，或许才刚刚开始。她疲倦地闭上了眼睛。忽然，灰色的巨石动了一下，紧接着剧烈地摇晃起来。

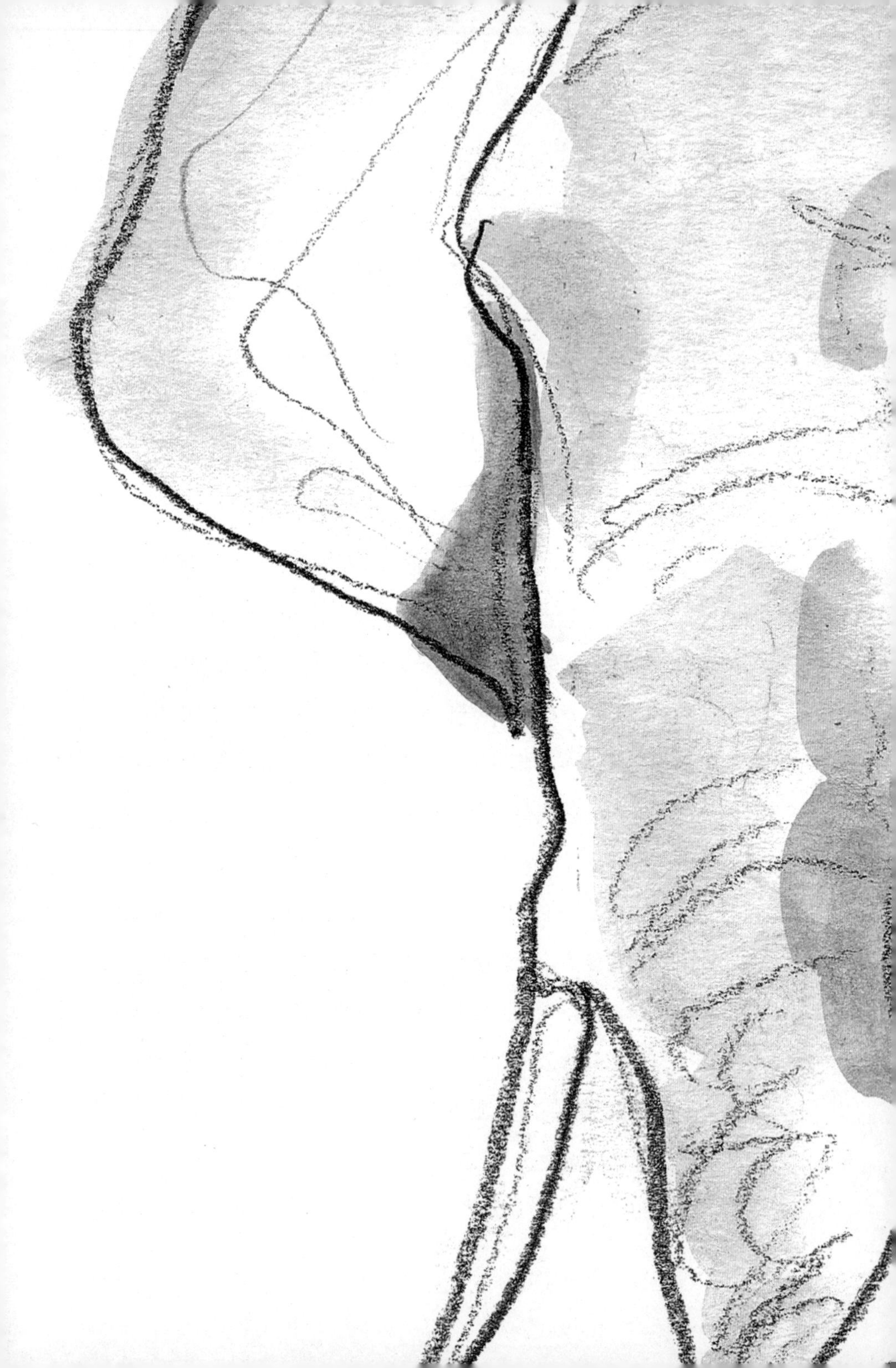

尼洛猛然惊醒，失去了平衡。她环顾四周，却没有发现危险，打算下去喝点水。尼洛刚准备起飞，面前突然出现了一条巨大的“灰蛇”，上面还有两个黑洞洞的大窟窿，正在往外喷气呢！“巨蛇”竖起身子，对着尼洛喷出一股灼热的气流。紧接着，响起了一阵地动山摇的声音，这可把尼洛吓坏了。巨石开始移动，她条件反射似的挥动起翅膀。

“你能站起来一下吗？好像发生了什么奇怪的事呢，我真是老啦。快帮忙看看，我背上是不是停了一只鸟儿呀？”

尼洛笨拙地跌进了高高的草丛里。

她看着这块可怕的“巨石”缓慢地移动着，一条长长的鼻子垂到面前，那两个窟窿像是一双眼睛。一股热气又喷到了尼洛的头上。

“你怎么敢在我背上休息？”

“可我并不……”

“你都不懂得尊重像我这样的老奶奶吗？”

“我只是想休息一下而已！”

突然，太阳消失了，一丝光亮都没有了。尼洛看到这些“巨石”围成一圈，像是要和她玩一个危险的游戏。尼洛紧紧地贴在地面上，大象的长鼻子就在她的头顶上晃来晃去，充满了威胁的味道。他们就这样近距离地打量着尼洛。

“喂，发生什么事啦？”哈迪喊道，“你要是敢伤害我的朋友，我就钻到你的耳朵里去！永远都不出来！听见了吗，你这只又老又蠢的母象！”

母象严肃地看了一眼燕雀——这个小不点儿离象耳朵已经很近了！她爆发出一阵大笑。

“这可就有意思啦！小小燕雀，居然要保护鹳鸟！大自然可真是无奇不有啊！”大象感叹道，“气候变了，动物们也疯了！或许我真的只是一块石头呢！”她又大笑起来。听到这惊天动地的笑声，附近的鸟儿全都飞上了天空。远处隐约传来狮子的吼声。

“妈妈，这两只鸟儿真是太好笑了呢！”一只小象说道。

“我们该怎么办呢？这位小姑娘都把我们的莉拉惹生气了呢！”所有的母象都大笑起来，他们抬起前脚，仿佛是在威胁尼洛他们。

“要我说，就把她踩成肉饼，留给可怕的秃鹫当午餐吧！尸体可是他们的最爱！你们觉得呢？”

“鹳鸟肉饼……可她实在太瘦了，都没什么可吃的！看这副皮包骨的样子，真不知道她是怎么飞到这里的。”大象们还是笑个不停。

“妈妈，妈妈，你把她留给我吧，明天我想和她一起玩耍呢，好不好呀？”一只小公象问道，他在妈妈的腿间钻来钻去。

“你怎么这么晚才到非洲呀？你是不认路呢，还是近视眼呀？”其他的母象讥笑尼洛。

“或许，你只是饿了？我们的背上有许多虫子呢，可以让你吃个够。或许，我们可以学学河马，整天张着大嘴，等着鸟儿来刷刷牙。”

母象和小象都快笑疯了。

“喂，把我的朋友放了吧，她又没把你们怎么样嘛！”哈迪在母象的耳边大声喊道。在大象眼里，哈迪不过是一只讨厌的苍蝇。象耳朵轻轻一甩，可怜的小燕雀就被甩了出去，挂在树枝上。

母象们爆发出一阵大笑。

“放了我的朋友吧。”哈迪飞了回来，低声下气地哀求道，他身上的羽毛都被弄乱了。哈迪拍拍翅膀，弄得莉拉耳朵痒痒的，然后他又飞到莉拉的另一只耳朵旁边。

“你给我走开！”莉拉说道。

“哈迪，救我！”尼洛喊道。

“够了！”莉拉愤怒地咆哮着。一切都恢复了平静。

“你到底钻到哪儿去了？别在我耳朵旁边乱嗡嗡！”莉拉一边说着，一边挥舞着长鼻子，想要抓住哈迪。可是小燕雀飞得快极了，每次都能躲开象鼻子的攻击。

“你们干吗非要和我的朋友过不去？”

尼洛被吓坏了。

“你起来吧！”一只年迈的母象说道，她用长鼻子碰了碰尼洛，“你们要到哪儿去？”

“我在找妈妈，她一直在等我。这段日子，我已经持续飞了整整三天啦，现在又累又渴……”尼洛回答道。

所有的大象都沉默了。“我迷路了，哈迪陪着我飞过沙漠。象夫人，我站在您身上休息，是因为我把您当成了一块石头，我只想好好睡一觉，然后明天继续出发。”

听完尼洛的一席话，莉拉深受感动。

“你要去哪里？”

“我也不知道。”尼洛绝望地回答道，“不过，我有一种感觉，我快到家了，可我又不知道该去哪里……我好热，好渴……”

“哎呀，鹳鸟群都离开好几个礼拜啦！他们现在应该都飞到南非啦。”莉拉说道。

“她是我的朋友，我要保护她！你明白吗，长鼻子大象朋友？！”

“我明白。”莉拉说道，“跟我来。”

第三十五章

突然，传来一阵比哭声还难听的笑声，让人不禁打了个寒战。

“真是哪儿都少不了他们呢！”哈迪说道。一群鬣狗把大象围了个严严实实。

“你们想干吗？”

“我们想加入你们的队伍，和小鹳鸟一起做游戏呀。我们看着她从空中轻飘飘地落下来，就对自己说：‘我们为什么不去帮帮她呢？她肯定很需要我们呢！’”

“走开！”莉拉说完，发出了一声长啸，很远的地方都能听到她的吼声，这是在给周围的动物发警报呢。鸟儿们从高大的猴面包树上飞起，过了一会儿又落了回去。

“就让我们陪着她吧！我们的经验可丰富了呢，明天早上，她肯定就能到达目的地啦。”

“赶紧滚开，你们这些讨厌的恶魔！”莉拉喊道。

“这下可不好笑了。”哈迪嘟囔着。

“哎呀，关于这只鹳鸟，那可就说来话长啦……”鬣狗们一边笑着，一边继续围着大象打转，他们看起来在等待合适的时机，好把这块鲜美的小鸟肉夺走。

“快，赶紧飞到我的背上。”莉拉对尼洛说道，“上面很安全，我们会陪着你完成这段旅程。等你明天恢复了力气，我们就告诉你回家的方向。”

“没错，就让我们帮你一把，带着你认识一下大草原上的动物们吧！”其他母象应和道。

“那我就陪她到这里啦！”哈迪调皮地说道，然后他转向尼洛，“你可不要我刚一离开，就到处惹麻烦哟！”

“象夫人，你们真是太好了。还有，我亲爱的朋友哈迪，谢谢你一路的陪伴！谢谢你们，让我在飞行的路上感到我并不是独自一人，谢谢！我会把你们送给我的礼物好好收着，永远都不会忘记！如果有机会的话，我会努力回报你们的。你们的慷慨相助，我会铭记一生！”尼洛说道，她飞到了莉拉的背上。哈迪也跟着这么做了。鬣狗们把这只高大的母象团团围住，用仇恨的目光盯着她。可莉拉还是继续向前走去。

“瞧瞧这只老母象，背上居然站了一只燕雀和一只鹳鸟呢！她也不害臊！这要是传出去，整个草原上的动物都会笑话她呢！家族里的所有亲戚都会嘲笑她的！”

这些难听的污言秽语，莉拉根本不放在心上。一股别样的幸福和自豪感在她心中陡然而生，她很久都没有这样的感受了。她背着尼洛和哈迪，颤颤巍巍地向前走，像是一位慈爱的妈妈，带着自己的两个小宝宝。莉拉心想：“真奇怪呢！当我遇到这只鹳鸟后，感受到了一种特殊的幸福。她就这样从天而降，轻盈地落在了我的背上。”

第三十六章

坐在大象的背上摇摇晃晃，尼洛想起了老水手的小船、漆黑的海面、噩梦侵袭的夜晚，还有那座监狱般的牢笼。正当尼洛睡意昏沉的时候，传来一阵奇怪的声响，她立刻醒了过来。“怎么了？”莉拉停下来问道。大象们来到一个河边，这里栖息着许多长脚鹬、灰鹤、白鹭和火烈鸟。

河马一动不动地待在水里，像是一块巨大的石头。他偶尔眨眨眼睛，张开大嘴打哈欠。在巨大的睡莲下面，藏着几条鳄鱼，一双双眼睛在水面上滴溜溜打转，一旦有漫不经心的动物出现在河边，他们就会毫不犹豫地发动攻击。在河的另一边，还有几条鳄鱼正趴在热烘烘的沙滩上晒太阳，身体僵硬，像是死了一样。

“好啦，你可以在这儿安静地喝点水，待在我的脚边就行啦。”莉拉说。

看到尼洛喝水，哈迪高兴地围着她翩翩起舞。

“尼洛，我们现在终于到家啦！”哈迪说道，“大象们真的很喜欢你呢，这份礼物实在是太棒啦！他们也帮了我一把呢。以后当我讲起这个故事的时候，别人肯定都以为我在吹牛呢！”

尼洛现在感觉好多了。吃饱喝足之后，晒着暖洋洋的太阳，她觉得浑身充满了力量，也舒服多啦。

“你们不想和我们生活在一起吗？”高大的母象问道。

“不了，我得上路啦。”

“为什么呀？”

“因为我能感受得到，亲人们都在等我。就像是灵魂深处传来的召唤，我也不知道该怎么描述……这是他们的心声，正在呼唤我呢！”

“我能理解，我也是一位母亲。你的妈妈在呼唤你，你的米安在寻找你。大草原让我们心意相通，也能把心声传递给森林里的所有动物。我们把你正在寻找妈妈和米安的消息告诉了灰鹤和黑斑羚，也告诉了白尾角马和狮子。他们为你传播信息，帮你传递心声：‘尼洛正在寻找她的亲人呢！’于是猴子也知道了，斑马也晓得了，整个草原上的动物都知道你在寻亲。等着瞧吧，这招肯定奏效。米安和你的妈妈一定会听到这个消息的。”

莉拉给两位小朋友详细地讲解了飞行的方向，有哪些动物值得信任，又有哪些危险需要避开。这些草原法则实在是太复杂啦，可尼洛还是用心学习着。她已经准备好了，伸展了一下双腿，要从象妈妈的长鼻子上起飞了。大象用鼻子托着尼洛，动作缓慢而温柔。哈迪围着他的好朋友飞来飞去，紧紧地注视着她，守护在她的身边。尼洛张开双翼，想要努力保持平衡。

“很好。”莉拉说道，这位大度的母亲望着尼洛，“我们该说再见啦。我永远都不会忘记这一天。虽然，我已经老啦，可你还是给我上了宝贵的一课：在大草原上，总会发生许多不同寻常的事情，在灵魂深处留下一丝甜蜜。所以，尼洛，我要谢谢你。在这片土地上展翅翱翔吧，去寻找米安和妈妈吧，他们都在等着你呢！我会把咱们的故事流传下去，曾有一只名叫尼洛的鹳鸟和她的朋友哈迪，站在一只母象的背上，而我，就是那只母象。我们的友谊会载入草原的历史。遇到你们，我感到非常幸福。就算你们离开了，也要记得我们呀，如果以后有机会再见，一定会有无穷的喜悦。你给我们留下的礼物，就是等待，还有那些和你有关的甜蜜回忆。我们都期待着你的归来。”

黄昏时分，尼洛从莉拉的鼻子上起飞了。其他的母象和小象纷纷与她告别，目送这只小小的鹳鸟飞上天空，在他们的头顶盘旋了三圈。和大象们告别后，尼洛头也不回地飞走了，就像森林老婆婆、萨利姆和巴巴克叮嘱过的那样。哈迪拍打着小小的翅膀，在莉拉的脑袋边飞来飞去，这是在和她告别呢。“你这个小家伙真是太调皮啦！”莉拉笑着说道。

两个朋友朝着新家的方向飞去，也许旅程中的欢乐会抵消些许对莉拉的思念。这只年迈的母象唱着歌儿，就这样待在原地，看着尼洛在天空中渐渐远去。

第三十七章

尼洛一边飞行，一边俯瞰地面。

“一点儿鹳鸟的踪迹都没有。”飞行了一天之后，尼洛说道。

“你该不会是想说……咱们走错路了吧？”哈迪勉强挤出一个微笑。

“也许真的是这样呢！这儿根本就没有鹳鸟留下的痕迹！”

“也许，是莉拉搞错了呢？”哈迪说道，然后他又后悔起来，觉得不应该把责任推到朋友身上。“淡定点，我觉得这条路没问题。”哈迪说道，可他的语气中还是流露出一丝犹豫。

尼洛和哈迪从高空俯视大地，干涸的河道两旁长着参天大树；许多长着长脖子的动物——人类把他们称作长颈鹿，正在河道旁缓缓漫步；羚羊跑得飞快，他们从地面上一跃而起，跳得又高又远。一边是一望无际的枯黄草原，一边是在水塘边一碧千里的茵茵原野，尼洛被眼前的景色惊呆了。动物们热得头昏脑涨，慵懒地躲在树荫下。从遥远的地平线那端，吹来一阵热风，仿佛整个草原都颤抖了一下，热得像是要熔化了。尼洛放眼望去：这里一只鹳鸟都没有。

“可你并不孤独呀！”哈迪说道，“我还在这里陪着你呢！”

尼洛一边飞行，一边看着自己的影子掠过草地和树木，掠过凹凸不平的地面。大地就像一位温柔的伴侣，又像一位和蔼可亲的大姐姐，一路陪伴着你，指引着你，直到有一天你归于尘土，和她真正融为一体。

尼洛看到许多黑色的鸟儿在河边休息，一群大猴子爬上树梢，像是在“欣赏”这只掉队的鹳鸟。黑猩猩也发出嘲弄的喊叫，仿佛在笑话这个落单的小可怜。热辣辣的阳光炙烤着尼洛的后背，像是有一只沉重的大手牢牢地钳制住她的双翼，让她飞得越来越慢。她渴极了，一边飞行，一边微微张开了嘴巴。

“我们停下吧，我好渴呀。”尼洛说道。

“可是，这里很危险的，尼洛。等等吧，再等一下，我和你一起下去喝水，我不会丢下你的。”

尼洛看到远方升起一朵灰色的烟云。这可把她吓坏了：之前就是因为一场暴雨，她才和大部队走散了，难道……那些带来暴风雨的乌云又回来了吗？她减慢了飞行的速度。可这朵乌云却不是从空中飘来的，而是从地面升起的。眼看着离这朵乌云越来越近，尼洛听到一阵巨响，像是有无数颗巨石从山顶滚落。直到飞得更近了，尼洛才看清这是一大群头上长角的动物，他们飞快地朝南方奔去。足足有上千头呢！眼前这疯狂的场景，让尼洛想起人类的马路，无数辆汽车在沥青马路上横冲直撞。这里也没有鹳鸟的踪迹。气温还在不断攀升，这群动物掀起一股细细的烟尘，弄得尼洛喉咙发干，眼睛也难受起来。

“妈妈，米安，你们在哪里呀？”尼洛不停地呼唤着。

好不容易来到这片草原，可是一位亲人都没找到。这真是一个残酷的讽刺啊！尼洛突然意识到，或许，她会永远迷失在这片草原上，变得越来越虚弱，以至于再也飞不起来。筋疲力尽的尼洛失望极了。

“很抱歉我没能帮到你。”望着如此难过的尼洛，哈迪突然冒出一句话，“我真的很抱歉。”

“这不是你的错。”

哈迪没有听到尼洛的回答。尼洛也没听到哈迪的声音。她实在是太累了，不停地用微弱的声音自言自语。

“如果你想和我保持距离的话……”哈迪说道，他离尼洛稍微远了一点。

一路辛苦的奔波和长时间的飞行使尼洛已经瘦成了皮包骨。她感觉糟透了，轻飘飘地朝湖泊滑翔而去，想要喝几口水，补充一下体力。在这之前，她按照莉拉的叮嘱，检查了一下周围是否有危险，在空中至少盘旋了四五圈。

沮丧的哈迪看着他的朋友渐渐飞远，落到了湖边。

“你来这里干什么？赶快离开！”一匹斑马喊道，看到尼洛突然出现，她吃了一惊，“你的伙伴们早都飞到南方去了，那里的湖泊多的是，你赶紧走吧！”

“可是，我现在渴得要命！”

“你要是想快点回家，就得立刻出发！”

斑马突然做了一个奇怪的动作，她想要转身，却重重地摔在了地上，费了好大工夫才重新站起来。拖着瘸腿，斑马又一次失败了，她重重地摔了下去，成为泥巴的囚徒。

“你在干吗呀？”尼洛问道。

“我走不了路啦，我的腿疼得要命，一点儿力气也没有了。”

“鳄鱼要来了吗？”

“我早就跟你说过啦，赶紧跑吧！鳄鱼马上就要来啦！”斑马绝望地喊道，“你快跑啊！”

尼洛明白了：这匹斑马在泥巴里陷得太久，一点儿力气都没有了。

“这太可怕了！”尼洛喊道。

就在这时，水面上突然出现了两截粗粗的“树干”，他们小心翼翼地移动着，在水面漂浮着，用怀疑的眼光打量着这只得来全不费功夫的“战利品”。

“你快走吧！”斑马一边用微弱的声音说，一边竭力想从黏糊糊的泥巴里挣脱出来。这个筋疲力尽的小可怜拖着一条瘸腿，已经被污泥吞下了大半个身子，已经几乎动不了了，只能时不时抽搐几下。

“你走啊，快走！”她带着哭腔对尼洛喊道。

尼洛起飞了。她在空中盘旋着，只用了短短一秒，两条巨大的鳄鱼就冲出了水面，一条咬住了斑马的腿，一条咬住了斑马的脖子，用力地把她拖进了湖心。这一切发生得太快了，斑马还没来得及呼救，只留下一声绝望的哀鸣，就被湖水吞没了。水面上冒出一串气泡，浮起一片血红，然后便陷入了死一般的沉寂。猴子们嬉笑着，在树林里荡来荡去，仿佛什么都没发生过。

湖面恢复了平静，倒映着澄澈的天空。尼洛从没见过这样的场景。可她很快就明白过来：面对这样的事，自己其实什么都做不了。这，就是草原上的残酷法则。她一路滑翔，还没落到地上，就听到一声大喊。

"小心！"

哈迪像箭一般冲过来，想吸引貂的注意——这个狡猾的猎手一动不动地埋伏在干草里，正准备偷袭尼洛呢！

"哈迪！"尼洛喊道，"救我！"

尼洛高高跃起，猛地一拍翅膀，就飞上了天空。与此同时，哈迪拼命地拍打着翅膀，打乱了貂的计划。

"哈迪，你又救了我一命。"尼洛说道。

"唉，非常抱歉，我带错路了！"

"可是，这些天来要不是你陪着我，我肯定到不了这里。"

哈迪很为尼洛感到骄傲呢。"和你一起飞行很开心呀。走着瞧吧，我们很快就能到家啦，很快就能见到你妈妈和米安啦！"

哈迪开心地围着尼洛翩翩起舞，尼洛用嘴巴轻轻地碰了碰她的小朋友，心里却笼上了一层阴影。

“米安，我好害怕。我的下场也会和那只斑马一样吗？”尼洛自言自语道，“只要一想到可能会失去你，我的心就好痛，想回到你身边的愿望，也越来越强烈！”尼洛没有把自己这些想法告诉哈迪，两只鸟儿又继续上路了。尼洛在心底默念着：“米安，妈妈。”

第三十八章

“就在那里！你看到了吧？我说得没错呢！太棒啦！”哈迪欢呼道，他加快速度，像箭一样飞去，“快看呀，尼洛，这里有好多鹳鸟呀！”哈迪高兴得上下翻飞，欢乐地舞个不停。

夕阳西下，此时的尼洛已经筋疲力尽。她看到远处有一棵大树，在最高的枝头上，生活着几对鹳鸟夫妇。重逢的喜悦鼓舞着她飞向高处，在枝头滑翔——有几对鹳鸟正在那里休息。尼洛感到好激动、好幸福呀！

“我回家啦！”她想，“妈妈，我终于回到你们身边啦！”她朝鹳鸟们飞去，发出动听的呼唤。“妈妈！米安！我来啦！我来找你们啦！”她落在一根树枝上。

“你在这儿瞎喊什么呢？”一只鹳鸟问道，她实在是被吵得受不了了。

“我在找我妈妈和米安呢，你们见过他俩吗？”

“谁认识这两个家伙呀！”一只鹳鸟回答道，她朝旁边望了望，“全世界有几百万只鹳鸟，非洲的鹳鸟也多了去了……我怎么会认识你妈妈和那个什么米安啊？”她冷笑了一声，都不屑再看尼洛一眼。“小朋友，你吵得我头都痛了。你现在应该好好恢复一下体力，然后洗个澡。我都不知道你是怎么靠着两条小细腿站起来的，你实在是太瘦啦！”

“难道所有的鹳鸟都这么‘友好’吗？”哈迪小声问尼洛。

“如果你们帮不了我的话，能不能告诉我，该去向谁求助呀？或者，有人知道那支迁徙队伍在哪里吗？”

这一路上，尼洛收到了各种动物的礼物，可是在她的同类这里，却一无所获。他们的漠不关心和冷言冷语伤透了尼洛的心。

“别吵了，小家伙，你可真够烦人的！这儿的鹳鸟太多了，我哪儿看得过来呀？你还是自己去找那个米安吧。至于你的妈妈……她也不会天天待在鸟巢里不出门的，你总能见到她的嘛！”另一只鹳鸟答道。

尼洛感到前所未有的失望和孤独。

“现在我该怎么办呢？”她问自己。

尼洛和哈迪四目相对，哈迪就站在她面前的树枝上。

“很明显，你的同类都不是什么好鸟儿！”哈迪说道，“不过重要的是，我们成功抵达啦！”过了片刻，他骄傲地说道：“到了新家，你不开心吗？从你出发的那一刻算起，这都过去多久了呀？现在你终于到达目的地啦！你应该感到高兴才是呀！你这不是还有我吗？我会帮助你的！”

“可你就要离开了呀。”尼洛说道，“和你一起飞行真的很棒，可是我知道，我们的旅程就要画上句号了。”

“我才不要离开你呢！”

“可你也不能永远待在我身边呀。我毕竟是一只鹳鸟啊。”

“那我们之间的友谊呢？难道我们的友谊就这样结束了吗？”

“当然不会啊！只是我必须一个人继续前进了。在我心里，你永远占据着一个特别的位置。你也有自己的生活呀，我也是一样的。我知道，分离是世界上最难的事情。每一次离别，都会带来无穷无尽的痛苦。可我相信，咱们很快就能见面的！如果我们再多相处几天，分离的时候就会更加痛苦。这就是我的想法。唉，我该怎么跟你解释呢？”

哈迪站在树枝上，一动也不动，一句话也说不出来。他觉得自己遭到了背叛，或许，他根本就不愿去理解，尼洛这些话究竟是什么意思。离开尼洛以后的日子，会是什么样子呢？他连想都不敢想。要是没人照顾她，那该怎么办呀？可哈迪一句话也说不出来。

“现在，我该怎么办呢？”哈迪心想。

尼洛用嘴巴爱抚着她的好朋友，然后飞向空中，为他献上一支舞蹈。盘旋了三圈之后，尼洛朝着地平线飞去，火红的太阳渐渐隐没在蓝色的群山之下。

哈迪还是一动不动地站在树枝上，他被尼洛的举动惊呆了。她根本没有等哈迪，就这样离开了。这真的是背叛吗？或者……尼洛说得有道理，他们不可能永远生活在一起。也许，这就是事实。一连好几个小时，哈迪都没有起飞。他呆呆地站在那里，仿佛他的人生已经到达了终点。

第三十九章

尼洛知道，她给自己的小旅伴造成了很大的痛苦，可她还是觉得，自己应该一个人继续前行。她找到一棵和自己一样孤独的树，落在上面休息，离所有鸟儿都远远的。

“快走开！我在吃树叶呢，这些叶子可甜啦！”

尼洛吓了一跳，她张开翅膀，跳了起来。“哎呀，对不起！”尼洛说道，“我没看到你。”

“你怎么可能看不到我啊！道歉也没用，你还是赶紧挪个地方，不然我就吃不到那些美味啦！”

“可这些叶子上面不是长满了尖刺吗？”

“没错，这才是最美味的部分呢！小鹳鸟，你从来都没吃过树叶吗？”

尼洛向下望去，看到一条长长的脖子，紧接着是一个庞大的身躯，棕色的斑点装饰着这个黄色的庞然大物。高大的长颈鹿正吃着高处的树叶，尼洛就待在那根树枝上呢。

“或许，你碰巧认识一只名叫米安的鹳鸟，对吗？”尼洛问长颈鹿。

“怎么可能呢？这是我第一次和鹳鸟说话呢！要不是因为你站在这里，阻挡了我的美味，我才不会跟你搭讪呢。”

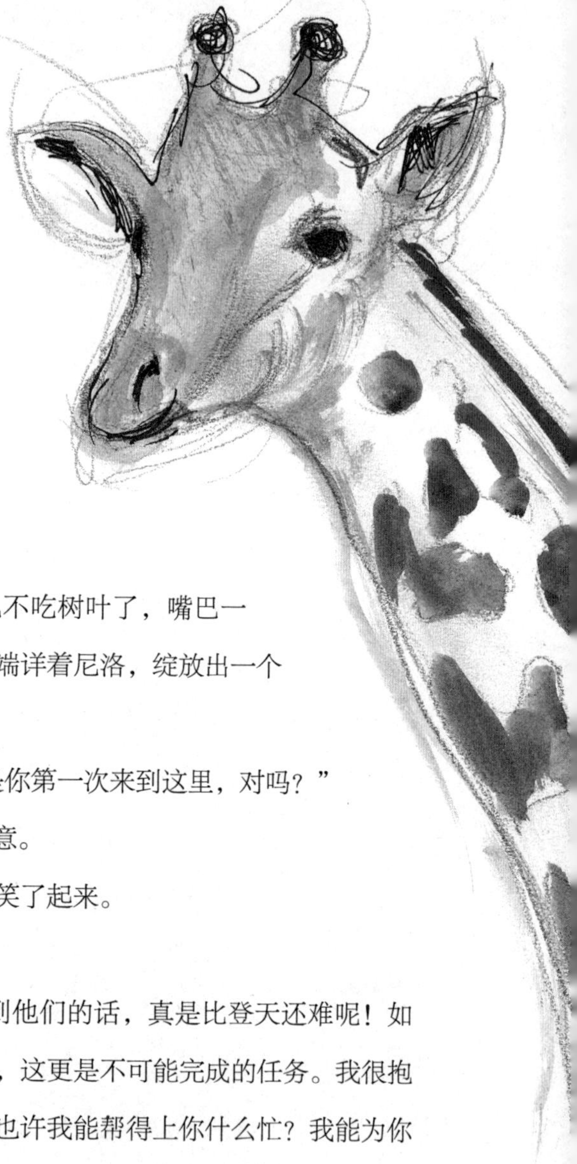

“我在找我的妈妈和米安。”

长颈鹿把头靠过去，也不吃树叶了，嘴巴一动一动地嚼个不停。她仔细端详着尼洛，绽放出一个大大的笑容。

“你真是太年轻啦。这是你第一次来到这里，对吗？”

尼洛点了点头，表示同意。

“很好。”长颈鹿说完，笑了起来。

“你为什么笑呀？”

“因为啊，你要是想找到他们的话，真是比登天还难呢！如果这是你第一次来非洲的话，这更是不可能完成的任务。我很抱歉，可爱的小家伙。不过，也许我能帮得上你什么忙？我能为你做点什么吗？”

尼洛真的快要哭出来了。经历了千辛万苦，她终于到达目的地了。可她还是不知道，自己到底能不能找到妈妈和米安。

“去吧，去吧，继续寻找你的亲人吧。不要轻言放弃，不要以泪洗面。你听说过这句话吗？”长颈鹿说道，“要学会倾听自己的心声。这话说起来容易，做起来可就难喽！能够做到的人，实在是太少了。想要学会倾听，真是很不容易呢。就拿人类来说吧，他们也没几个能做到。”

长颈鹿一边说着，一边嘴里嚼个不停。她从这里扯下一片叶子，又从那里揪下一根嫩枝。

“他们已经完全失去了这种能力，生活在嘈杂的城市里，害怕心灵的宁静。他们的灵魂里塞满了噪音，而不是深沉的思想。丰富的情感可以让人获得心灵的平静，可他们却总要做一些荒唐的事情，比如说夜以继日地工作，发动战争，破坏我们的森林，在城市的郊区堆放垃圾——那里曾是红嘴海鸥的地盘。他们已经完全失去了倾听的能力，忘记了正确的方向，偏离了原来的道路，陷入了麻木冷漠的生活。他们一天到晚忙个不停，连喘口气的工夫都没有，就是为了赚取那些彩色的小纸片——好像这些纸片拥有神奇的魔力一样！人类啊，真是太可笑了！站在这样的高度，什么都逃不过我的眼睛。”

长颈鹿说着，嘴角露出一丝冷笑，然后继续咀嚼嘴里的叶子：“整天忙着收集那些彩色的纸片，这就是荒唐的人类呀。怎么，你觉得不好笑吗？”

尼洛望向长颈鹿，可她的目光却落到了遥远的某处。

“你不相信我说的话吗？”长颈鹿说道，她闭上嘴巴，轻轻碰了碰尼洛，“拜托啦，别这样嘛！明天我去问问斑马，这些天天扎堆的家伙什么都知道呢！我们会把你寻找妈妈和米安的消息散播出去。要是斑马也不知道的话，我们再去问问白尾角马，他们也喜欢聚在一起到处乱跑；不行的话，还可以问问猴子们。草原上的消息，很快就会传到你妈妈和米安那里啦，你就放心吧！”

“你真是太好啦！”尼洛说道。可是长颈鹿这一席话，并没有驱走尼洛心中的阴霾。她还是那么的孤独。

第四十章

草原的夜晚一点儿也不平静，充斥着各种各样的声音。有的动物哈欠连天，有的动物东奔西跑。那些看不见的捕猎者低低地伏在地上，时刻准备发动进攻。他们在干草间穿梭，形成一道摇晃的波浪，犹如猎物们因恐惧而瑟瑟颤抖的脊背。

尼洛真想再见哈迪一面呀，她现在后悔极了：“当初真不应该那样对待哈迪啊，可是想要离开的话，又找不到其他的方式。”一轮明月高挂在空中，犹如一只闪闪发光的银盘，照亮了整个苍穹。尼洛十分想念她的鸟巢，这份浓浓的思念犹如一支利箭，给了她的小心脏重重一击。她独自一人待在“新家”里，却梦想着能够重回“老家”。尼洛跳上最高的枝头，把头向后仰过去，长长的嘴巴一张一合——她唱的不是情歌，而是一支哀怨的孤独之歌。这支哀歌传遍了草原，每一只动物都驻足聆听，他们知道，这支歌儿来自一只小鹳鸟的内心深处，这个无依无靠的小家伙穿越了大半个地球，来寻找她的妈妈和米安。

黎明时分，太阳照亮天空，尼洛还醒着呢。她披着凌乱的羽毛，拖着疲惫的身躯，一夜未眠。

她现在难过极了，满脑子都是绝望的想法：“我是不是一辈子都见不到妈妈和米安了。”

此刻的尼洛虚弱极了，她半闭着眼睛，全身上下一点儿力气也没有，根本飞不起来。或者说，她连起飞的念头都没有。她已经失去了希望。正当尼洛昏昏欲睡的时候，她感到有什么东西正在靠近，这个家伙缠在树枝上，冷冰冰地打量着她，正缓缓地逼近。

这条蟒蛇离尼洛只有短短几米了！他忽然停了下来，想把自己藏在枝杈间。因为尼洛重新睁开了眼睛。“米安，为什么你不在我身边？！”尼洛说道，“哈迪，你在哪里呀？”她不停地念叨着，她的眼皮变得越来越沉重。整整一夜，尼洛都念叨着米安、妈妈和哈迪的名字，希望他们能来帮她一把。这份孤独，她实在承受不来。“或许我都没办法离开这棵树了。”尼洛心想，“我根本不知道该去哪里。”

蟒蛇越来越近，他瞪大了眼睛，牢牢地盯着尼洛：“这只疲惫的小鹳鸟肯定是一道美味！瞧瞧呀，期待已久的早餐就在眼前，轻轻松松就能到手！美中不足的地方嘛，就是有点瘦！”

蟒蛇一边在心里盘算着，一边在枝头多缠了几圈。他慢慢地靠近尼洛，只有专业的杀手，才能做出这样轻捷的动作。此时此刻，他和尼洛之间，只有短短一拃的距离了，尼洛丝毫没有察觉到危险就在身边。正当蟒蛇准备发动攻击的时候，天空中突然传来一声大吼：“小心！”一道黑影犹如闪电般俯冲下来，重重地撞上了正在枝头打瞌睡的尼洛。尼洛赶忙张开翅膀，艰难地飞了起来。

“哎呀……”尼洛惊呼道，“米安，怎么是你呀？”

“天啊，尼洛，你瞧瞧，你刚才差一点儿就被吃了！”

刚才在两只鸟儿头顶的树枝上，悬挂着一条巨大的蟒蛇，足足有人类的胳膊那么粗。他张开血盆大口，想用他庞大的身躯缠住尼洛呢！

“米安，我真是太开心了！米安，米安，米安！你的名字，我念了千千万万遍。”

米安终于来到了尼洛的身边。

“我可算找到你啦！你偏离路线，脱离队伍了！就在这几天，我的心仿佛感应到，你正在远方呼唤我。后来我遇到了一只燕雀。只要遇到鹳鸟，他都会把人家拦住问个清楚。他说自己在找米安，还说他是和尼洛一起飞来的。当我听到咱俩的名字的时候，就立刻开始询问那只小燕雀，他就把你的故事都讲给我听啦。”

“你遇到了哈迪？”

“没错，就是他。是他带我来找你的。于是我调转方向，朝着东方进发。我感受到了你的存在，追随着你的声音，慢慢地向你靠拢，你的形象越来越清晰，你的歌声越来越嘹亮。现在，我终于找到你啦！你知道，我感受到了你的存在，时间刚刚好。你怎么瘦成这个样子了，尼洛！”

“哈迪一直都在为我着想，而我却……我们能够重逢，真是要好好感谢他呢！他现在在哪里呀？”

“一分钟前他才刚刚离开！”

“我在这儿呢！”哈迪说道。

“哈迪，我的朋友！我真是太开心了！我都不知道该怎么谢你！”

“能看到你们在一起，这就是一份无价的礼物，也是对我最好的报答啦！现在，我和你们的旅程也该正式画上句号了。我的小心脏，都快幸福得爆炸啦！”

第四十一章

哈迪站在枝头上，高兴地看着他的两个朋友。他真是幸福极了，感到全身上下都注入了新的力量。

“米安，我都快累死了，感觉自己再也坚持不下去了。我都想要放弃了，可是我知道，你一定会找到我的。米安，米安，米安，有你在身边，我实在是太幸福了，米安，我真的好开心呀。”

尼洛拍打着翅膀，高兴得跳来跳去。两只鸟儿比翼齐飞，不停地摩擦着嘴巴，能够厮守在一起，真是太幸福了。

品味过重逢的喜悦后，尼洛终于鼓起勇气，问道：“妈妈呢，我妈妈在哪儿？”这个问题就像一把锋利的刀子，一直在她的心里搅动。

“现在呢，我们先好好休息一会儿，我就在你身边，你不要害怕。”

“你为什么不回答我的问题？”

“因为我和你妈妈也走散了，我一直没找到她。非洲实在太大了。”

尼洛的脸色阴沉下来，和米安重逢的喜悦，也在此刻烟消云散。

“你没跟我说实话。”

“我一个人好不容易才飞到这里。有人告诉我，你的妈妈飞去北方了。因为她一直在等你，也许，她觉得你可能会路过那里吧。”

米安的话深深打动了尼洛。

“真的吗？或许，你这样说……只是为了给我一点儿希望？”

“我说的都是真的！”

米安和尼洛一起度过了三天的幸福时光。他们飞到池塘边，在斑马群旁边休息。夜里，他们沐浴着银色的月光，站在猴面包树最高的枝头上，紧紧地依偎在一起，安然地进入香甜的梦乡。这短短的几天充满了幸福，也伴随着焦虑，既有重逢的喜悦，也有对未来的担忧。

米安和尼洛朝北飞去，然后转向东方。这天夜里，尼洛不停地呼唤着妈妈，在一片寂静中，她的灵魂发出召唤，而妈妈也在远方用微弱的声音回应着。

“我已经知道啦，米安来到了你的身边，我很开心。不要再担

心我了，我永远留在你心里。当你需要我的时候，只要呼唤一声，我就会回应，无论什么时候，无论你在哪里。这都是一份礼物，是我在这场旅行中，给你留下的礼物。我老啦，也累啦，只想在这片神奇的土地上，一个人生活下去。现在，那个鸟巢属于你了，不要丢掉那个家。再见了，尼洛。看到米安和你在一起，我感到非常欣慰。”

第二天早上，米安睁开眼的时候，发现尼洛已经醒了。虽然身上的羽毛乱蓬蓬的，可她的眼睛却闪着光。米安知道，昨天晚上，尼洛在梦里一定跟妈妈聊了很久很久。

第四十二章

三年后，尼洛长成了一只光彩夺目的成年鹳鸟，经过时间的洗礼，米安也成为令她自豪的人生伴侣。他们开启了回归北方的旅程，一起回到了那片生养他们的故乡。在非洲的这些年，在回归旅途中，也发生了许多有趣的事情。到这里，故事或许要暂时告一段落了。

还没有呢！

在砖厂的烟囱上，栖息着两只鹳鸟。两个小孩看到以后，开心得跳了起来。

“鹳鸟回来啦！”一个小孩喊道。

“鹳鸟会带来礼物和好运！”另一个说道。

一个小男孩唱起了老酒鬼之歌，这是他在学校学到的。他在辅导书上读到这支歌儿，还教会了和他一起玩耍的小伙伴呢！

有一天，飞来一只鹳鸟
她把奇妙的故事
当作礼物送给我
在未来的某天
当你们读到这个故事
也会感到幸福
因为这是一份
来自天空的礼物
它不属于任何人
现在，这个故事
也成为一份礼物
送给读它的人

这对年轻的鹳鸟回到了烟囱旁的老家。尼洛在这里出生，米安在这里跳起爱的舞蹈。尼洛轻轻啄了啄树枝，她的动作温柔极了，想把鸟巢整理得更好一些。接着，她把头向后仰着，开始歌

唱。这支歌儿既有回家的喜悦，也有忧伤的悲泣，带着尼洛重回遥远的童年时光，那个时候，只有她和妈妈相依为命，徒劳地等待着一个不回家的人。而现在，感谢上天，她和米安又回到了这个鸟巢。时间的脚步从不停息，黑夜过后就是黎明，生命的新一个轮回又要开始了。